박재홍 시선집

사라쌍수 열두 그루
박재홍 시선집

1쇄 발행일 | 2021년 02월 05일

지은이 | 박재홍
펴낸이 | 정화숙
펴낸곳 | 개미

출판등록 | 제313 – 2001 – 61호 1992. 2. 18
주소 | (04175) 서울시 마포구 마포대로 12, B-103호(마포동, 한신빌딩)
전화 | (02)704 – 2546
팩스 | (02)714 – 2365
E-mail | lily12140@hanmail.net

ⓒ 박재홍, 2021
ISBN 979 – 11 – 90168 – 28 – 1 03810

값 23,000원

사라쌍수 열두 그루

박재홍 시선집

개미

나의 시(時)는 새벽 홰치는 소리에 깨어나는 부도탑(浮圖塔) 같습니다. 소로에 수북하게 쌓인 솔잎 사이로 슬픔이 송이처럼 자라나 눈높이를 맞추어야 비로소 실체가 보이는 웃자란 슬픔 같습니다.

『사라쌍수 열두 그루』는 본향을 향한 열두 번의 자맥질로 얻어진 30여 년이 담겨 있습니다.

치성을 드리던 어머니의 장독대 위 정화수처럼 살아온 날수만큼의 발원이 서글프게 본향을 향하던 그즈음의 나이가 되었습니다

조악한 햇살은 천륜의 발등 위를 밝히며 들숨과 날숨이 멎는 그날까지 나를 지나쳐 세상을 향해 흑꼬리도요처럼 계절을 타고 넘나들듯 새로이 떠돌 것 같습니다.

2021년 봄을 기다리며
박재홍

차례

제3시집
섬진 이야기

제4시집
연가부

제5시집

물그림자

제8시집

新錦江別曲(신금강별곡)

제11시집

自服(자복)

해설 | 이혜선 시인, 문학평론가

낮달의 춤

샐러리맨의 서정

　달팽이도 집을 이고 사는데, 우리는 고개 들 천장도 없이 날마다 빈 호주머니를 털어 먼지 같은 잔돈으로 분빠이를 하고 울분을 털 듯 커피내기 술내기 화투짝을 팬다.

이카로스(Icaros) 날개

꿈의 비늘이 4월의 이팝 꽃처럼 날리는데, 살이 낀 운명의 목줄을 잡고 산마루를 넘지 못한 노을이 쉴 무렵이면 왜 그리 갈증 나게 눈시울을 붉혔던지.

바람은 치사하게 장애를 가진 나의 등을 떠밀었지 그후로 나는 두꺼비처럼 한자리에서 미동도 없이 만년을 참았다가 만년설을 일으켜 세워 九萬里長天(구만리장천)을 나는 침묵의 새가 되고 싶었다.

사금파리 봄

젖몸살을 앓고 있는 웅얼거리는 바다 위로 밤은 머릿결처럼 흘러내린다. 씹혀오는 밤의 육감은 매혹적이거나 색정적이었다.

겨울 들녘의 논배미 터진 살갗 위로 맨발로 이른 사내에게 새벽 桃花(도화) 향이 배어 있었다. 횡횡하던 바이러스는 가뭄 끝 과육처럼 터지는 梵文(범문)처럼 산그늘 속으로 숨는다.

달의 몰락

  그렇게 헐겁게 걸리어 적막한 지상을 밟고 허공을 올
라 일그러진 내 얼굴보다 못생긴 아니 내 얼굴 같은 구멍
난 이른 겨울 배춧잎 같은 하늘을 보았네! 슬퍼할수록
멀어지는 지구에서 인공위성처럼 버려져 우주 저편에 떠
돌며 마지막 사랑의 경전을 깨우치는 몰락을 마주하고
있었네

기억의 유형

    이해되지 않은 염불은 인생처럼 깊고 깊어 금강 둑을 지나 미라보 다리 아래 seine(센)강을 노래한 어느 시인의 梵文(범문)처럼 해묵은 커피 알갱이 같은 아집을 핸드드립을 통해 내리는데 '빵이 없네', 이승과 저승을 넘나드는 나비가 탱자나무숲 사이를 누비며 떠돌 때 굽은 꼽등이 같은 사내의 辛酸(신산)이 침묵의 깃을 쪼며 금강 하굿둑에서 노을에 몸을 던지고 있었다.

이별

할례의 거세감으로 설움의 피지를 자르고 배운 사랑을 잊고 떠나가는 모든 것들을 향해 등을 지며 기른 생명법으로 오체투지, 물 위에 그늘지면 끝없는 기억의 매무시는 책장에 깃든 현실의 먼지 같다.

낮달

낮술에 취해 놀던 벌건 낮달이 없다. 샛바람에 먼지 기둥 흙기둥 하늘로 솟고
허연 낮달이 그리워 히히 웃는 난 손 떨리는 술꾼 술꾼 이란다.

목숨이 한숨보다 가볍게 진다. 이고 사는 하늘의 속이 들여다보이고
퇴화한 목련의 우둔함이 안개 낀 마을 어귀에 서서
낮달처럼 희옇게 웃고 섰다.

흘러온 날들이 이지러진 달처럼 바가지 위에 그린 탈을 쓰고
언청이처럼 웃을 때 부서진 파도로 가슴을 식히고 있다.

잊고 살기 어려운 일들이 많으면?

"그땐 술 먹고 살지 뭐. 히히"

하루살이

염천의 하늘에, 염천의 하늘에 끝없이 그리울 수 있는 건
당신의 발자취 때문인지도 모릅니다

밤이면 조율되지 않는 죄 앞에 몸부림치며
내 살을 짓씹으며 움트지 않는 사라나무를
바라보지만

염천의 하늘에, 염천의 하늘에 파랗게 빛나는 약속의
비문
척추에 등창이 난 척추에 새 살을 조각하며
하얀 뼈에 구멍을 내고 향기 날리는 조율로 선율이 되어
어둠을 밝힙니다.

獨奏(독주)

등창이 난 곱추의 등에는 날마다 꽃이 피었다.

사막의 선인장처럼 붉고 고운 꽃들이
내밀한 비밀을 틔우곤 했었다.

사라나무에 기대어 겨우 서 있는 한 사내를 위해
선율처럼 발화한 꽃들이 지고 있었다.

주낙 1

흐르는 눈물들이 많다

강물은 긴 머리를 풀어헤치고 어깨를 흔들며
물먹은 버들잎 바람이 향하는 대로
아슬한 고개를 주억거린다.

며칠째 샘하기엔 많은 빗물이 흘렀다 생각 없는 눈길
위 미끼 없는 낚시에
눈먼 고기들을 보면 반짝이는 눈물이 보여 낯이 익어

다시금 물끄러미 들여다보니 그것은
거울 속 내 모습이었네.

사인행(四人行)

筏橋驛(벌교역)

밤 기차를 타면 리듬과 율동이 있습니다
말은 남에게 들려줄 때보다 내 속에 두런두런
등을 맞대고 누워 흐르는 침묵 위에 툭툭
던져 놓을 때 입술을 깨문 이야기들이
반딧불처럼 타오릅니다.

담배는 타오를 때보다
재티로 날릴 때 시린 겨울 코끝 같이
얼얼한 느낌이 오고 무심한 목수의 눈길과
체온으로 내 속에 연장 소리가 날 때
사람이 그리워지는 것을 알기까지
한철 갈까마귀 소리와 식은 다방 커피가 수도 없이 내 내장을
곱창 빨 듯이 빨아 이제는
더는 그리움의 잔해가 없습니다.

기차는 역사에 들어서고 내 고향
역 앞에는 주꾸미에 소주 한잔할 수 있는

포장마차 아줌마 변함없으시고
돈 없는 나는 그때나 지금이나
뼈 없는 닭발에 똥집 소금구이, 주꾸미에 먹다 남은
소주 반병에 물끄러미 바다를 만나
흘러가는 구름처럼 물 위를 걷는 기름덩이
불빛 같습니다.

帝釋山(제석산)

　고향집 마루턱 앉으면 홍교 다리 너머 눈길 머무는 산 중턱에 가면

　내가 다니던 벌교중학교가 있고, 초여름 뜨거운 황톳 길 아카시아 향 왱왱거리던

　벌들의 화음이 숨 막히는 바람과 함께 내 목줄을 조이 고

　비라도 올라치면 불구의 아들을 데리러 오던 아버지가 울리던 자전거

　클랙슨 소리, 쓰러진 아카시아 잎들과 나뭇가지 그 옆 꽃숭어리들과

　나의 유년의 절망이 돌이 되어 그늘 속으로 숨거나

　땅속에 묻히어 제석산 품으로 기어 들어가 세상을 향한 노여움이 묵언수행 중인

　수석이 되었다.

祈雨祭(기우제)

날이
먹구렁이 한 마리 풀어 놓은 것
같습니다

마음도
발묵이 잘된
농묵의 빛으로 말간
묵빛이 되어

둘이서 만나는데
비를
기다리나
봅니다.

四人行

三人行必有我師(삼인행필유아사)를 아는가?

그대 삶 속에서 길을 걷다가 그 속에 한 사람의 스승을
만나진다는 오래된
이야기 연잎, 연꽃, 연밥보다 더 깊은 절박하게 만나지
는 情(정)

살포시 새처럼 짓쳐드는 동무들의 부름에 同聲相應(동
성상응)하는 어디로 가는지
무엇을 할 건지 묻지 않고 긴 밤길을 달려 즐거운 밤마실

서로를 배웅하는 마음, 맛난 저녁을 지어 먹고 배 두드
리며 서리 가던 마음
다시 헤어져 만나고 싶어지는 달짝지근한 그 맛

그중에 나쁜 짓 가르치는 네 번째 친구도 스승임을 아
는가?

家族(가족)

잃어버렸다. 잃어버린다 잃어가고 있다 눈 위를 맹인
처럼 간다. 맹수처럼 가고 싶다
　손님은 가고 바람은 들어온다 어둠 위로 점자처럼 내
린 눈의 기호를 해독하기 위해
　하얗게 내려다보는 아파트 창을 향해 끊임없는 기호로
눈발이 머리를 치며 들이박고 있다

　선홍빛으로 점멸하는 쥐라기 게임의 공룡처럼 삶 속에
서 피 튀기는 점멸등이 깜박일지라도
　종을 향한 까치들처럼 들이 부딪치고 싶다 그런 삶이
되고 싶다

　어느덧 부호처럼 나를 닮은 아이 둘이 내 눈 속에 아프
게 박혀있고
　나는 그들을 향해 더 나은 미래를 보여주고 싶으니
　아마 어느덧 오랜 역사 이전 한 씨족의 족장이
　되었나 보다.

숨은 사랑

내려놓아라 그만 내려도 좋다 여태껏 개구리 뛰듯이
뛰었으면 됐다
강물은 항상 다리 밑을 흐르듯 우리네 어설픈 인생 유
전이야
가슴팍 밑으로 흐르지 않으면 어쩔 것이냐

부족한 나 있고 넘치는 당신 있으니 우리 살아온 날이
야 모자라지 않고 과분할 뿐
내 아이들이 물방울처럼 튀어 오르며 통통거릴 때 우
리네 신명이야 신의 축복 아니냐
오늘 초라하지 않은 겸손한 사랑이 상추쌈같이 쌉싸름
한 향내 가득한
식탁 위에서 가득한 눈길의 엇갈림 속에서
보듬고 살면 내일은 즐거울 것이다

벽

길은 등불에 닿아 있고 낮에는 돌개가 쳤습니다

머릿속은 멀미할 것 같습니다 세상 사람들이 그들이 즐기는 저희를 알아주는
일을 했습니다. 하나님은 십자가를 등에 지고 골고다를 오르고
나는 사람 속에 높은 교만의 벽에 못을 치며 오르고 언젠가는
내 머리 위에 위선의 면류관을 벗는 순간
뇌수가 튀어나와 시장 주막에서 파는 3인분에 만 팔천 원 하는 곱창처럼 벌겋게
대지를 적시며 하얗게 질린 오늘을 피카소의 그림처럼
눈을 흘기며 하얀 벽걸이에 걸려 시퍼런 눈길을 줄 것 같습니다

귀가

비 님 다녀가시고 빈 거리에는 비 님의 등허리에 매달
리고 달리던
바람이 시리게 다가와 내 가슴팍 속으로 얼굴을 파묻고
가끔 하얗게 삶을 질리게 하던 힘든 하루가 버겁게 수
저를 든 손에
인생의 무게를 얹는다

무작정 망연자실하던 해 질 녘 노을은 그렇게 아름답
고도 절절히
익어가던 세월이 이제는 아름답기보다는 두려운 서른
의
마지막 문턱에서 등 뒤에 고개를 돌리기에는 너무도
무서워

먼발치에 교회당 십자가를 향해 고개를 주억거리며 고
하는 지난 시간과 내일을
쏘아 보내며 비 님 다녀가신 빈 거리에
듬성듬성한 사람들의 흔적들을 주우며 돌아오는 저녁

아이들의 해맑은 반김은 나의 몸속에 따뜻한 바람을
넣는다

살풀이

아는가?

장도 앞바다의 갈대밭 속에는 꽃 티로 날다가 앉은 가지
끝에서 사철마다 색동옷을 입는데
휘이 달궁 그 흔한 연정가도 없이
나는 말문이 막혔더구나.

진물 흐르는 소리로 바람과 거친 파도는 마주 서서 침
울하더구나
아파트 앞 가문비나무의 껍질 같은
옹이가 진 기억 위로 텅 빈 가지에 앉은 까마귀 홰치는
소리
나는 한없이 끝 닿을 데 없이 우는 날개 소리로 울 테니
강에는 강물이 없고 바다에 바람이 없더구나.

정지된 실체 속에 시대의 늪지에 빠져 아득해진 오늘이
고산의 직벽을 향해 오르는 발길에 바람이 높고
풀잎이 서서 눈빛만 보태는 침묵의 視界(시계)

〈

춤사위 걸쭉히 하늘을 향한 손짓과 몸으로 쓰는 옷자락 몇 숨의 들숨과 날숨이

지리산 눈을 깨우고 황홀하게 발화하며 천지에 들불을 놓네 그려.

사랑법

원촌 오거리를 지나 엑스포 다리 위를 지나면 날마다 나의 흔들리는 가슴 위로 봉돌이 닻을 내리고 빛들이 굴절되듯이 찌가 솟는다 가끔은 수평선 물 위로 희멀건 낮달이

히쭉거리며 풀어 헤친 가슴팍을 기대고 그늘진 구름이 잠시 가쁜 숨을 고르기도 전에 차가워진 강물에 담긴 시린 새들의 발목처럼 일상의 진한 가난을 만난다

차창 밖을 향한 눈길 속에 사람 두엇과 새들 몇이 그들은 언제인지 모르게 낚싯대를 드리우고 있었고 일상처럼 순식간에 지나는 나는 공전하듯이 매일 반복하여 그들의 모습을 싸안고 혹은 그들이 되어 폐사된 조개를 쪼는 새들처럼 그들의 외로움을 쪼는 새가 되어 물길에 흔들리는 노을처럼 잔잔히 나의 어깨가 흔들리고 아치형 다리도 흔들리고 일상이 흔들리고 세상은 점점이 흔들리고 흔들리는 중에 엑스포 다리 위는 끝나 있었다 시작되어 있었다.

내일은 흔들리지 않기를 그들이 침묵하듯이 나를 부리
며 그들의 등 뒤로 내 등을 기대며
사라나무처럼 마지막 임종을 바라보고 있었다.

산문에 기대어 서서

매화가 영글 때 벚꽃이 비에 눌리어 자리에 눕는다 그럴 때면 나를 찾던 벗들이 그리워지니 인연은 철이 되어야 봄비에 젖어 영글어지는가 보다

세상에 어두운 뜻 잊어버리고 술과 고기를 들고 찾아와 하염없이 침묵이
그칠 때까지 기다려 주더니 이제는 지쳤는지 모두 지상을 떠나
비탈길에 서서 어두운 그늘로 나를 반기곤 한다

찰라에 기뻐하며 즐거이 아이를 키우는데 언제까지 이겠는가?

손님처럼 왔다가 친구처럼 가야 하는 길을 아는 나는
그저 다가서지 못하고 허기진 마음에 산문에 기대어 있는데.

사랑가

가을이 오면 바위 앞에 혹은 벼랑 끝에서 새초롬이 떨고 서서 단풍 들어 깊어지는 골을 바라보는 한란의 웃음을 닮아 보려고 한다.

당신이 성큼한 발자국으로 혹은 소리로 나를 안고 들어서는데 후미진 설움을 (가령 미욱한 내 눈길로 지긋이 안겨) 꽃대 무성하지 않은 난 꽃 향으로 만나려고 한다

사랑한다고 좋아한다고 모기처럼 앵앵거리지 않아도 당신을 그 깊은 속내의 골 속에 시냇물처럼 소리로 영글고 혹은 동월계곡을 타고 봄물처럼 흐르는 물길을 따라 당신에게 이어지는
마을 같은 그 길을 찾아가는 나는 봄물이 된 기도처럼 머물고 있어,

당신이 오실 햇살 좋은 날 풀풀거리는 아지랑이 신기루 같은 그날 그 좋은 날
굵게 팽이진 노동이 가득한 손을 내밀 테니 말없이 눈

길 한번 넌지시 주신다면

나는 이 계절 속에 정처 없이 소용돌이치지 않을 것이
다.

등불

사랑한다는 것은 절망하는 것입니다 당신을 향해 토로
하는 내 기도는 어느 한날을 기해

죽순처럼 터지며 대지 위로 솟구치는 혹은 내 가장 소
중한 기물 하나를 번제로 드리는

지구 하나를 어깨에 짊어짐 같은 무게로 프로메테우스
를 향한 신들의 처벌처럼 날마다

미어터지는 가슴 하나를 닮아가는 것이라는 것을 알고
있는 당신은 기다릴 줄 아는 얼굴로

날마다 내 발치 끝에서 등불 하나를 걸어 놓고 기다린
다는 것을 알지만 사랑은 아프게 벗겨가는 것입니다

내 발등 위로 비춘 등불 하나를 마을로 인도합니다 잃
을 것도 없고 그리워할 것도 없는 그 마을은 모두 적막에
깃들고 수많은 이들이 그 온기 속에 도란도란 흔들리는
그림자를 내보이며 아스라한 원근 속에서 터질 것 같은
온전함으로 비추어 보이는 촛불 하나를 밝힙니다

바람이 붑니다. 그 바람을 타고 바람 속에서 아릿한 한

사람과 두 아이를 만나는 한 사내는 조금은 구릿빛 쓸쓸함 속에서 타인처럼 서성입니다. 생명은 그리 영원한 것은 아닙니다. 타인 속에서 내 것처럼 빛나는 게 사랑이며 생명이며 영원입니다

　나는 오늘도 내 속의 영을 영접하나니 주여 구원의 주여 당신은 내 발등 위를 비추는 빛이시니이다

섬진 이야기

섬진강 3

보리피리 불면 애절한 앞산 뻐꾹새
누이가 부르는 소리.

저녁 숲을 등지면 울던 소쩍새 소리
어머님 목소리 같아서 어머님 목소리 같아서
왜 그리 발길 잡던지

숲이 끝나면 강이 만나는 것은 세상의 이치
저만큼 물안개 새모시 치맛단 길게 풀어서 산허릴 휘
감을 때
강어귀에 닻을 내리는 사공이 불콰한 술냄새 쏟아놓을
때면
하늘 언덕배기에 별이 돋고 있었네.

회양목 구름을 몰던 물길은 마을을 두르고 돌아 흘러서
점점이 켜지는 등불은 사람들의 이야기
달 지고 별 지는 이야기 어우러져 꿈길을 더듬네.

섬진강 4

성긴 보리밭 잠들던 누이 가슴처럼 자라고
기차는 기다리는 이들 앞에 멎고는 해
지나는 강물보다 푸르게 기억 속에 그늘을 만든다.

모래톱 새 발자국 같은 별빛
바람 타고 멀어질 때마다
생머리 여자아이는 달무리처럼 웃고
이 밤이 길다 사랑은.

깨금발로 선 입맞춤 강물 소리로 잔잔히 흐르고
가버린 바람 속에 불리는 이름이 이름이
누구이던가 가물거리는데

못 잊는 게 가슴에만 남는가 모래바람처럼 푸석거리는
것
기울이는 술잔 속에 말 못 할 눙치고 앉은 이야기
온몸을 흔드는 바람 앞에 선다 이제야.

섬진강 5

표표한 행장을 꾸린 한 마리 새 서녘 하늘 노을의 울음 같습니다.

물 긷는 아낙들 동이에 흘러내리는 가슴 시린 이야기
  손등으로 훔치며 곁눈질하듯 바람은 온몸을 흔들며 지나가고

옻오른 것처럼 그리움 피어나면 문득 지나간 기억의 모래톱 위로
  저녁이 오면 물 건너 전동리 등불 다는 이를 바라봅니다.

살구꽃 어지러운 밤이면 하동포구에 찰랑거리는 물결 위를 튕겨 오르는 은어의
  동선처럼 오가는 술잔 같은 잔잔한 마음이 안단테로 흘러갑니다.

당신이 내게로 오듯이 내가 당신에게 가는 길이 잠겼던 다리가

기름진 몸을 드러내듯이 달빛과 몸을 섞으며 뛰릴 틉
니다.

섬진강 6

내 안에 갇혀 산 적이 있었다
산이 그랬던 것처럼
강이 그랬던 것처럼
흐르되 말하지 않는 법을 배웠다

보듬고 산 것은
사람만이 아니었고
안고 흐른 것은
세월만이 아니었으니 잠긴 제 그림자에
안쓰러워 흔들리지 않으려 노력도 하였다.

닻을 내리듯 봉돌이 내려앉은 강
입질하는 찌처럼 삶이 입질할 때
사랑도 마을 어귀 서낭당 밑
돌무덤 위에 조심스럽게 놓고
내어놓은 수줍은 고백이
모시 적삼 여미듯 하는데

오늘 한 마리 새 손님으로 오신다.

섬진강10

나의 아침은 직벽(直壁)의 설봉(雪峰)에서 보던
여신(女神)의 눈길 위에 떠오르던 태양

수평선(水平線) 위에 도드라진 내 스무 해
화륜(火輪)이 되어 굴러가면
어미의 눈물 위로 배를 띄운다.

무디어진 오늘은 현실(現實)의 잔해(殘害)
어제의 오늘과 현재의 오늘이 빚는
내일이 물 위의 뱃전처럼 흔들리고

시린 밤 기슭에 배를 대던 마음
출렁이는 물결이 쓰리다.

섬진강 11

어미의 눈물이 나의 시작이었듯이
강의 시작은 팔공산에서 흘러
살아온 이야기 노적가리처럼 쌓이고
하구에서 상류로 오르다 보면
기억의 저편 고운 모래알 같은
이야기 하나 만나 지겠다.

모래사장에 사금파리가 네온처럼 빛날 때
유년의 가슴에는 이별이 돋아나고

유전된 슬픔은 별이 되어 천공에 매달려
쓰린 겨드랑이 밑을 지탱하던 목발에
마의태자 전설 같은 꽃이 피기까지

시는 천형에서 축복으로 나를 인도하는데
길은 가도 가도 끝없는 이야기를 낳는다.

섬진강 12

울지 마라 니가 먼 잘못이 있겠냐 빙신 낳고 평생을 이
렇게 울어야 하는
못난 어미의 저주가 니를 울린 것이제

니 낳고 밤새 술 먹던 니 아부지 설움을 니는 알아야 혀

미워하지 말그라 가난은 죄가 아니여 돈이 죄지 니 아
플 때 병원에 달려가지 못한 못 배운 죄 그것이제

어머니 맘 쓰지 마요 사는 게 꼭 불편하지 않은 것이
좋은 것 아녀요
제석산 돌들이 울음을 울고 진한 가슴께에 붉은 진달
래 피거든
강을 향해 뿌리를 드리우고 하염없이 속으로만 속으로
만 흐르거든

내 이제야 하는 말이지만 불편해서
세상이 바로 보였더란 말을 하고 싶어요.

섬진강 13

하동 갈사리에서 물어보시라 매화마을이 어디냐고
광양 태인을 지나 망덕포구에 이르러
맑은 바람결에 소주 한 병 비우다 보면
차는 닿아 있으리.

꽃 보고 물어보시라 매화궁이 어디냐고.

이야기는 강으로 만나기도 하고
서로가 강이 되어 마주하기도 하고
제 홀로 산을 안고 돌다 보면

'어머니'

당신 훔친 손을 감춰도 눈자위에 빨간 노을이 지거든
치맛단에 촉촉한 강물이 젖어들고요

시절이 어수선하던 그 시절에도 밖에 나간 아비의 밥
그릇

아랫목에 이불 덮고 누어설랑은 마을 어귀 개 짖는 소
리에도
귀를 밝히는 어머니

감나무 밑 그늘 속에서 오늘도 서성이는데 하염없이
설움이 돋아나는
별처럼 달에 걸려 배를 띄우는 밤이 길어서 하동 금성
면 갈사리에서
물어보시라 '매화마을이 어디냐고'.

섬진강 17

나이 사십에 시간은 흘러온 강물 같아

등록금 고지서를 받고 내일 불려갈 서무실이 싫어서
밥 먹기 싫다 하고 숨죽여 울다가 잠든 밤
허기진 새벽에 일어나 먹던
방문 앞 붉은 팥죽 한 그릇을 기억합니다.

이른 아침에 일어난 아들이 "아빠 밥 좀 주실 수 있어요?"
"그럼 줄 수 있지" 고깃국물에 말은 밥을 먹으며
"옛날에는 고기도 못 먹었다면서요?"
"그랬지" 하는데
왜 그리도 시린 그 새벽이 생각이 나는지.

나이 사십에 시간은 흘러갈 강물 같아

자꾸 눈물이 고향으로 얼비치는 것을 보면
묻어둔 이야기들이
안개 숲속에 키 큰 소나무 그림자 같습니다.

섬진강 20

구름 속 비행기 소리, 마음 한 첨 올려놓는다. 키질에 까불리는 마음이 그럴까
당신을 향해 한 꺼풀씩 벗겨지는 묻어둔 세월의 얼룩

며칠째 하늘은 속으로 울고 흐르는 물길이 강을 이루고 질펀한
설움 하나 떠나보내는데 등 뒤로 잠깐 무지개가 얼비친다.

가끔 유년의 기억은 내 등 위로 다듬이질을 시작하는데 쓰린 상처 하나가 곱게 접혀 하얗다.

버선코처럼 예쁜 아이들 소리 장마 끝자락 불린 강물 같을 때
목발 짚은 손바닥 쓰린 괭이 위로 시목(詩木)이 자라고

길은 붉은 강을 타고 휘돌며 자진모리로 蟾津(섬진)에 이른다.

섬진강 21

지는 서쪽 창에 느릿한 햇빛 속에다 집을 지었다
지리산은 등신불처럼 서서 숙면에 들지 못하는 서성이
는 마음을 토닥여 주고
마당 아래로 금빛 날갯짓 한 번에 흥건한 물길이 되고
사계절은 풍경처럼 우는데 사람들은 저마다 공중에 집
을 지었다.

어미가 느릿한 소 울음으로 울고 아비는 빈산을 오르고
바람이 머물다 침묵으로 흐르는 곳
뜨거운 열사의 여름이 날마다 멈추지 않는 곳
유년의 섬진의 모습이다.

아직도 어미의 눈에 눈물점 같은 아이 하나가
작은 어깨 들썩이며 걷는 하동 백사장
은빛 가루 고운 채에 쏟아지듯 흩날리는 밤이면
달음질쳐 숲 그늘에 숨는다.

섬진강 24

밤마다 달이 닿는 곳에 서서 만신처럼 그 위를 걸어가
다 보면
어느덧 낯익은 강이 보이고 하염없이 흐르는 눈물이
강물 소리에 파묻혀
목이 메어 더 이상 강물 소리가 될 수 없는 곳

천공에 수직으로 선 하늘 기둥이 노을을 보듬고 들면
불편한 목발에 패인 유년의 기둥 자리에 소금을 넣는
다
잊지 말라고 이 슬픔이 썩지 말라고.

하루는 매화마을 주민이었다가 하루는 보성강의 손님
으로 흐르다
섬진에 이르러 내 슬픔의 비늘이 되는 청매화 한 송이

봄물이 참 길다 섬진은.

섬진강 35

누이 가슴보다 봉긋한 초가집 눈물처럼 줄줄이 나리던 장마철이면 길 떠나 어미 소식은 가물거리기만 해 그러는 날이면 아비는 낮술에 취해 마을을 쓸고 있었지

자국 없는 가난은 물길을 찾아 떠나고 우리는 수련처럼 손을 마주 잡고 불안해 하였지
홀리듯 보리밥 담아 걸어 놓던 기둥의 망에 엉겨 붙은 파리 같단 생각이
이제는 흩어져 비가 와야 만나지는 강물이 되었네

섬진강 36

문득 벼루에 새겨진 거북 한 마리 훌쩍 길을 나서고 긴
물길 지나 여름 지나 처서 지나 자맥질하는 강물 위로 기
슭을 향해 가는데 더딘 슬픔 하나가 똬릴 틀고 앉아 성긴
노을을 베어 물고 있다.

아비는 나의 슬픔의 반이고 어미는 나의 참음의 반이
되었다. 어디서나 더딘 시작이었고 담쟁이 넝쿨처럼 자
란 아쉬움은 인생의 흐릿한 한숨이 되어 고이고 지금 내
위로 나를 닮은 슬픔 하나를 얹는다

손바닥보다 큰 슬픔이 바람결에 휩쓸리는 키 큰 플라
타너스 나무 밑동에는 모두의 기억이 곧 가을걷이를 할
것이다 황톳빛 바람 위로 나를 부르는 소리, 살 한 첨 짙
게 핏빛으로 젖을 때
많이 아프다 섬진은 나는.

섬진강 39

한 사람을 온전히 보듬을 수 있어야 비로소 흐를 수 있다는 사실을 안다 강물에 흐르는 산그늘 속으로 들어가 화전을 일구고 싶은 사람은 양떼구름 너머 노을 번지는 외딴집에 살고 있다

간혹 사무치게 내 속을 출렁이는 섬진이 와서 들려주는 얘기 속 멈춰진 기억의 발자국이 어지럽게 나있고 나는 시래기처럼 가벼이 담벼락에 기대어 조악한 햇살에 한 뼘이나 자란 추억의 이를 죽이고 있다.

사랑하지 마라. 풍경처럼 울며 기대인 바람에 허수아비처럼 쿨렁거리며 손짓하는 덧없이 흘러온 오늘이 말한다. 사랑하여라 멈춰진 시간 속 침잠된 나무뿌리처럼 깊은 심연 속 소리치는 섬진이 말한다.

한 사람을 온전히 보듬을 수 있어야 비로소 마을을 이루는 강이 된다고 섬진과 나는 안다.

제4시집
연가부

일몰

서산에 불콰한 술냄새 가득하거든
아비의 흔들리는 발자국이 찍히고는 하였다.
아이들의 웃음이 내 기억의 물꼬를
고향으로 인도하고
중천에 일그러진 얼굴이 걸리고는 하는데
서늘한 웃음이 달무리를 닮았다.

사랑은 밭고랑처럼 조금씩 출렁거리고
물이랑이 되는 가난은
지금도 주억거리는 풍경처럼 울고는 하는데
입술을 깨물며 시를 보듬고 서성이는
숲을 향해 길게 그림자를 늘어트리고
담징처럼 마지막 결단이 필요하다.

가끔은 이 땅에 서쪽으로 가는 전봉준처럼
녹두꽃 봉오리 질 때면
일어서고 싶다. 시인의 세상을 이루고자.

귀향 1

늙은 수수 풍향계

봉당 위에 태양이 떨어져
툇마루에 앉은 머리 하얀
할미꽃
금물 입혔네

어느 가을 하루 슬픔이 구름 무리 지어
처연하게 피어오르는 날

무너진 어미 젖무덤,
늙은 수수 이파리
고동색으로 아득하여질 때
바람 깃으로
알려주는 곳은
만 리 너머 고향길

굽이치는 골목길

돌아
물길 지듯
하염없어
목발이 녹녹하여질 즈음

그렇게 대웅전 앉은
불상인 양
어미는 툇마루에
앉아
웃음 한 바가지 뿌리며
넌짓한 한마디

'오느라 애썼다'

귀향 2

군불을 지펴요

불길 속으로 들어갈수록 미연에 방지된 경계라고
이름 모를 빨치산 영혼들이 갈대로 우는 소화다리 밑
강물과 바닷물이 몸을 섞어 태어난 실장어
굽이치는 절망의 하구 어디쯤 아니 필리핀 근해 멀리
까지 나아가
굵은 장어가 되어 돌아오고

카바이트 불빛 환한 소화다리 밑 실장어 잡던 유년의
쫄대 사이로
안개로 흐르는 기억 어른이 되어 돌아온 지금 무성한
뻐꾸기 울음 사이 바람처럼

군불을 지펴요

떠난 슬픔이 돌아와 가마솥 뚜껑을 열듯
내 허물 다 벗고 산란을 위해 떠나는 장어처럼

강물과 바닷물이 몸을 섞는 날 바람은 명주나무 가지
사이로 흐느끼고
시린 달빛이 천공에 가득 달무리 지는 날

고향집 아궁이에 군불을 지펴요

겨울나무

비탈에 선 군상(群像)들 검게 탄 육질의 기다림을 보라
저녁 어스름 숨차게 다가선 겨울바람이 들려주는
마른 뼈마디 부딪치며 밑동을 치는 여린 이야기

안개에 젖어 본 사내는
미망 속에서 생머리 계집아이 하나를 부르곤 한다
남도의 이른 저녁
가득한 실례기 만한 홍시 빛 사랑 살점 터지듯
홍건히 대지를 적셔올 즈음

억센 신록의 힘 발등 덮은 잎들은 푸르지 않아도
곰삭는 입김이 간혹 터질 때면 시위처럼 당겨진
무서운 봄의 저력

비탈에 선 군상(群像) 발등을 덮는 마른 기억의 이불을
걷고 나올 새순 하나 표현할 길 없으니
나의 시는 철없던 사랑 하나
몸짓하기가 이리도 버겁구나! 흑흑

꽃구경

梅花宮(매화궁) 들어 선 실상사 주변
화사하다 못해 차라리
어두운 침묵

벌어지지 않은 꽃망울
젖몸살처럼 아파지면

하얀 길 따라 꿈꾸듯 열을 지어
온몸으로 흘러간다

저 뜨거운 봄물

눈 오는 날 아침

이리 적신 적 있었더냐? 사뭇 촉촉하게
정적 저 너머 조용한 시계(視界) 속에 쌓이는

옷깃 세운 행인(行人)들의 수런거림을 뒤로 하고
넌지시 숨는 결빙의 자리 누움
저 유연한 목화꽃 율동,
안으로 흐르는 선율
스물거리는 뱀처럼 대지를 끌어안은
신화(神話)의 우물,
얼지 않은 야곱의 우물을 퍼내는 두레박

밝아졌다 적막
발화점을 아는가

발화점을 아는가?

처음을 향하여
엎드려 숨은
이야기

기억의 재가 되어 기름으로 떠도는
내 스무 살 어디로 엎드려 있는지

저녁이면 박쥐들
날아 처마 밑
그늘 속으로

내 사랑도 어디쯤에선 짓쳐들고 있음
신호 대기음처럼 울리며

저 먼 툰드라 땅 밑 현대의 어두운 케이블처럼
지층 속에서 눈빛 빛내며
화석이 되기까지

복수초 2

내 뿌리 깊은 슬픔
언 땅을 열고 하얀 가슴팍 위로
살포시 노란 고갤 들이민다

한가한 정오 햇살 부딪치는 무풍지대 위
엎드린 만큼 얻어지는
소담스러운 아름다움

사람들이 가쁜 숨을 몰아쉬며
올 때도 단 한 번
내 진물 나는
설움을 건네 본 적 없다

바람의 처마 밑에
나지막한 초막을 짓고
살아갈 뿐
하늘 우러러 내 진한 고독
번제로 드린 적 없다

유성(流星)

— 나다
— 네 아버지
— 니 어메가 오래 가지 못할 것 같다
— ……

홑동백 한 송이 붉게 지듯이 눈앞에
가늠할 수 없는 우주를 유영하듯이
어둠 속으로 나는
걸어 들어갔습니다.

엽서

이른 그녀의 붉은 댕기머리 같은 잠자리
푸른 하늘로 숨고요
비 갠 하늘에 무지개다리 놓기 전에 달팽이
제 맘처럼 집을 이고 가는데
사랑하는 사람은 그저 고개 주억거리며
먼 길에다 눈길을 놓습니다

돌탑 위를 팔랑거리던 나비는 마냥 돌탑을 돌고요
내 이제야 하는 말이지만 '그리웠다'고
엽서만 한 낙엽 한 장 선뜻 내보입니다

그 뜨겁던 여름에.

인연

부름에 답하는 것이 뇌성이라고
어깨를 빌려주며 튀기는 빗방울들이 수런거리고 있다
말린 홑청을 털듯이 슬픔을 털어 보이며
가난답게 웃던 봉숭아는
담장 밑이 아니어도 외롭지 않다
사람이 외로움이라면 무엇이 바람이겠는가
길 위에서 한 소절 접시꽃을 만나서도
욕정이 솟는 것은
사랑이 아니다 아니 사랑이다.
채색을 배운 아이 너머
슬픔이 목말을 타고 고름처럼 몸을 부리는데
내게 첫 젖무덤을 가르치던 여자의
늙은 인생의 주름을 펴듯이
유전된 본능으로 사람을 만났다
동성상응(同聲相應)
동성상응(同聲相應)

일출

핏빛 새벽을 보려거든 정동진을 향해 가라

백수 광부의 눈을 멀게 한 사람을 태우고
밤은 똬릴 풀은 뱀처럼 긴 터널을 더듬고
시린 바람 위로 몸을 풀며
선혈 낭자한 아침이면 배고픈 해장술에
슬픔은 간다.

사랑은 바람난 바닷바람 겹겹이 입혀진 거짓들이
검은 겨울을 준비하는데
삭정이 지기 전에 낙엽이 몸을 누이고
어디선가 화냥의 겹이 무르익고 있는데
해당화 붉은 깃이 농익어
마흔 먹은 여자 같다

수런거림은 사람만이 아니다
꿈꾸듯 무얼 찾는지 이른 새벽
사람들은 주술에 걸린 듯 서성이는데

겨울은 파도치는 바위 꼭두각시에
깨진 유리에 햇살처럼 머무는 것을
바람에 잠겨버린 슬픔이 먹먹할 뿐.

장승

이 사람을 보면 목어 옆에서 구름처럼 걸려 있던 시래기를 보는 것 같다
불린 물 위에 제 빛깔을 찾던 그 온유함이 눈비를 엇갈리며
바람을 보듬던 놀라운 불륜 같은 열정이
표현되지 않는 사랑 고백처럼 담백하다

차를 타고 얼마를 갔는지 모른다
가는 만큼은 그리움도 반이다
채색되지 않는 드로잉처럼 그 육감적인 이면이
내 속에 들불을 놓던
그 겨울의 화인 자국처럼 선명한 이별의 편린

부르지 마라.
내 터질 듯한 이 침묵의 저편에
별빛처럼 엷게 웃는 이여
신열에 가득한 내 이마를 지그시 누르던 고마움이여
당신의 입김은 아직도 처연하다

저 달처럼 시리다

뿌리내리지 못한 언 발 위를 덮는 덤불 같은 현실이여

첫사랑 1

묻지 말기를
담벼락에 기댄 고개 깃
등 뒤로 등나무 그늘져
가뭇한
울음이 보일지라도

묻지 말기를
하염없는 봄날
지천으로 널린 새소리
당신을 배웅할지라도

산모롱이에 남은
외로운 짐승의 발자국 같은
나의 희미한 기억
뜨거운 화인 하나가
홑동백 꽃이 지듯
붉게 저물지라도
부디 부르지 말기를.

파도

주지 마요
풍경처럼
울지도 마요
떠나가는 게
흐르는 게
다
보듬고 사는
제
몫인 걸 아는데
누구를
탓
하겠어요.

편지 2

1

밥 먹는 모습이 예뻤습니다. 고기 한 점 올리는 젓가락 사이에도
당신의 마음이 서녘 하늘 밑으로 향하다
노을처럼 곱게 엎어집니다.

바람은 뱃고동 소리를 타고 허공 중에 나부껴 문득 별빛에 길을 묻습니다.
파도는 검은 기름 빛으로 찰랑거리고 배는 품은 별을 향해 흔들리는 물음이
근원을 향한 오카리나 소리처럼 들려오는데

하동 포구 비를 맞고 선 긴 울음이 떠오르는 무지개처럼 내 발등에 살포시 엎어집니다.

2

언젠가부터 나의 사랑은 파도치는 바다를 향해 곤두박질치며 쏟아져 가거나 언 발 위에 올려진 알처럼 시린 동

토에 마냥 서서 부화를 기다리는 펭귄 같습니다.

3

지상에는 선홍빛 혹은 노란빛으로 채색되어지고 회색의 저녁 어스름 사이로 깃을 펄럭이며 발을 담그던 솟대들 기다란 휘파람 소리에 맞춰 푸득거리며 하늘을 향해 무리를 지어 흐르는 기러기들의 장엄미사가 펼쳐지면 물위에도 발자국이 남는다는 사실을 우리는 알게 될 것입니다.

4

댓돌 위에 신발이 방향을 틀듯이 나의 사랑도 향했던 곳에서 돌이켜 향해지고 우리 모두의 사랑은 이쪽과 저쪽이 별개가 아니라 슬프도록 아름다운 지금의 차디찬 이성임을 알 것입니다.

5

지리산 위에서 불던 바람이 계룡산 위에서도 아득하게 부는 것은 그저 막막한 마음이 얹혀서는 아릿한 사랑하는 배우는 소리임을 짓쳐드는 새들이 가르칩니다.

6

비로소 당신이 내게 준 멍에가 사랑이 아니라 내 안에

내가 나를 가두는 불립문자가 사랑임을 크게 배웁니다.
사랑하는 이여 내 서른여덟 해의 멍울을 풀듯이 지리산
이 보성강에 얼비치듯이 내 사랑의 얼개를 푸노니 내 사
랑 다시 시작의 서른 몇 해를 걸어갑니다.

海松

사내는 산맥을 타고
바다를 건너
문득
天涯의 그곳에
뿌리 져 앉았다고
설명하지 않았다

언제부터인지
그의 등이
넉넉하였을 뿐

가끔
세상에 내린 스스로가
힘들었을 때 찾아가면
그는 아직도 그 자리,

누군가를 기다리고 있었다
묻지 않았다

향수 1

물오른 연둣빛 잎들을 보아요
반짝이는 우리들의
약속을 보아요

단풍 진 숲속을 걸어 들어가던
지난가을 어느 날 쓸쓸함이
비 젖은 봄날이면 그렇게
기름지게 떠다니더니

산을 타고 오르는 저 어지러운 호흡
새떼들을 보아요

이슬 맺힌 침엽수림 속 깃을 털며
토해내는 저 뜨끈한 밀어(密語) 한 점이
고고한 두보의 시구처럼

산 그림자 짙은 지리산 밑 어느 초라한 동네
내 방 어귀에 다다른 그리움을 보아요.

가위

허공 중에 부끄러운 집 한 채를 짓는다
몸들일 곳 없어 허허한 바람 한 귀퉁이에다
얼은 볼을 부빈다 담벼락 앞에 선
부용처럼.

대지의 지린 내음 소나기 황톳길에 가득하고
허리 휜 개미처럼 줄지어 선
말 못 할 막막함이 그저
돌이뱅뱅이 치는 꽃 이파리 한 점으로
바람을 타는데

말해야 하나 부다
속 깊이 묻어둔 진실 한 토막
선혈 짙은 묵은 억압을 드러내야 하나 부다

매일 솔잎 사이로 상처 낸
달빛 같은 날 서린 얼굴
한 켠.

목어

경북 태장리 어디쯤
목어와 시래기가
같이 매달려 겨울 보내는
절이 있는데

비탈진 언덕 위
소풍 가는 날
가벼워진 민들레
하늘 춤을
추는 날

딱따구리처럼
울던 우리네 살아온 날
냉이무침처럼
버무려져
쌉싸름해질 때

순간 정점의

만남
목어가 운다.

등불

날이 어둡다
쌉싸름한 쥐똥나무 향 젖은 저녁 어스름 속으로 인도
하고
묵은 사랑이 좀먹은 쌀처럼 푸석하게 느껴지는데
쳐다본 하늘이 저문다

강물은 기운 산 그림자를 껴안고
밤 이불을 덮고
홀로된 세상에 타다만 장작불처럼
살아온 날들이 그러할 터

저마다 깊은 뿌리의 그루터기
하나쯤 보듬고 살다 보면
제 슬픔의 길 하나 낼 수 있으려고

초파일이면 그 길 위에
점등된 별 하나
달아볼 수 있겠다.

달리는 차를 멈추고

달리던 차를 멈추고 비 오는 엑스포 다리
차창 밖에 흐르는 부유물 지붕 위를 두드리는
소란스러움 계속 이어지는 비.

정적 위를 흘러가는 그리움을 보아
내가 낳은 아이들의 웃음소리도 닿지 않는
저 외로움의 깊이를 후두둑 떨리는
마음을 되짚고

길가에 옥수수 등이 버거운 삶 같아
층층이 고갤 숙이는데
낯선 발자국 하나 깊게 패인 자국 하나를 남기고
봉긋한 가슴을 여는 시계 속 풍향계가
가리키는 장마 속으로 걸어 들어간다.

물그림자

광어

통점 없는 살점 내어놓은 들
너희가 알겠느냐
도다리와 비견되는 심정을
어쩌다 눈먼 주낙에 이끌려
뭍으로 왔으나
바다를 그리워하는 마음은
제자리에 떠서 흐르는 섬들이 알 터
화엄의 장엄한 잔치는 그저
구워진 화덕 속 돌멩이 같은 것
내일을 굳이 들먹이지 않아도
온기가 남는 오늘
말랑한 질감과도 같은
출렁이는 원심력이
밀어 올리는 한 첨의 보시 앞에
떨며 서서 집는 사내들의 눈짓을 보라

과연 도다리와 나는 눈만 다른지
아니면 무엇이 다른지.

등(燈)

아비의 옹골찬 등 같은 비여
시간의 독성에 중독되어
근육이 사라져 굽은 새우 같은
등이여 그 위에
흔들리는 태양이 등불을 켠다
흥건한 불빛의 너울이
새로운 미움들을 재운다 그 속에
무지개가 다리를 놓는데
내 새끼가 내 등을 보고 운다
배고파 운다
여름 해갈되지 않는 개펄에 짱뚱어처럼
튀어나온 슬픔의 눈길이
등불을 본다
조금은 따뜻해지는 세상을 향해
손을 내민다
봄물 같은 긍정이 흐른다.

제 흥에 겨워.

가을을 주제로 한 랩소디

사랑니

소리 들보 깊이 들보 깊이
동박새 밟고 가는 허공

발등에 저무는 꽃잎의 시름,
연못가 배롱나무 어깨 뒤에 숨어
바람은 제 홀로 길을 내더라.

작은 어금니 하나 뽑아
지붕에 얹고
서른 해 지나 마흔에 이르는데.

묵언(默言)의 울 밖

아비의 헐거운 척추 같은 바람의 결을 짚자
만신처럼 울던 시혼(詩魂)은 토방으로 내려서고

하나씩 안에서 밖으로 등을 보이는 슬픔,
익은 김치에 눈 맞추듯 침이 고이는
그리움의 신열
한층 높아진 하늘에
추억의 꼬리표처럼 잠자리 날고
구름조차 흰 거품으로 쓰러지는
묵언의 울 밖
자운영.

가을비

돌아앉은 어머니 치맛단 사이로
단풍 든 기러기 울음 흘러내리네.
성큼한 갈빛은 화살나무 시위처럼 팽팽한데
무너진 유년의 담벼락 아래
묵은 용머리기와의 빈 그림자
암수 구분 없는 은행나무 그늘 저쪽으로
낯익은 손님, 찾아오시네.

낙숫물

문둥이로 죽어 새가 되었나.
먼 바람 속 뻐꾸기 소리.

먼 둑길을 걸어와
배롱나무 발아래 꽃들의 얼굴 씻기는
갈밭 버들피리 소리.

뒤 울안에 깃든 산그늘 따라
베갯잇 적시는 성긴 바람 소리.

줄넘기

무릎을 최대한 가볍게 하렴.
발뒤꿈치를 들고 앞부리로만
사뿐히 땅을 박차거나
성정대로 하면 안 돼
갈수록 깊어지는 불신의 벽을 넘어서
다람쥐처럼
공간 속의 점. 선. 면의 눈길을 끌고
기억하렴.
손아귀의 힘을 빼고
그때 귀를 기울이렴.
한 번 넘을 때마다
네 내면에서
살아온 날수만큼의 곤고한 발목의
울음소리를 들을 수 있을 거야
간혹
커다란 산맥을 넘는
바람 소리 같은 오늘을
보기도 하려니

성정대로 하면 안 돼.
무릎을 최대한 가볍게 하렴.

미련

강바닥에 갱조개처럼 갱조개처럼 엎드려 들여다본 가
을의 속
잡으려면 자꾸 밀려가는 살아 있음의 파동
물길을 타지 못하면 만날 수 없는 계절의 수런거림
당신은 그저 말없이 구두코를 내려다보며
능소화처럼 웃네.

해금되지 않은 슬픔은 늘 살아가는 이야기 속에
쟁기질에 걸리는 돌멩이 같은 것
파노라마처럼 흘러가는 동영상 같은 것을
토란잎에 흐르는 굵은 빗방울에 얼비치는
묵은 사랑이 구르네.

웃지 마라 광부처럼 드러낸 환한 웃음 보이지 마라
아직 내게는 묵은 그리움이 끝나지 않았다.

무상검

벨 차례다 일도 필살이다.

푸른 머리칼 날리며 지치던
초여름 훌쩍 보내고

노랗게 들을 채우던 가시 많은
몸짓에도 바람의 아우성에도 아랑곳없이
자신을 내어놓을 차례다

사랑을 내어놓을 차례다
달마가 눈꺼풀을 베어내듯이
무상검을 들어 팔 한쪽을 베어낸 혜가처럼
나의 사랑도 무언가를 내어
놓을 차례다

수많은 사람이 광화문에 모여
익은 보리밭 같이 촛불을 밝혀
도심을 메우는데

〈

그들은 무엇을 내어놓을 것인가
무엇으로 무상검을 들어 내어놓을 것인가
스스로를 베어낼 무언가를 준비해 왔는가
물어볼 일이다.

안개

허공에 쌀을 일었다. 공중이 뿌연 뜨물로 가득했다.
불편한 몸짓 하나를 감고 돌며
툽툽한 그리움을 일었다.

지워진 산그늘 위로 간혹 빛기둥이 선다.
묵은 돌이 건져져 다리를 놓는다. 마음이 한 발짝 조금씩
딛다 보면 어느덧 헤어진 골 깊은 슬픔의 잔영을 보겠지.

멀어진 마음에 군불을 지피던 가을 단풍이 저녁 어스
름을 짓고
　유년의 기억 하나를 지운다. 보글거리며 뜸을 들이며
마음이 바쁘다, 가마솥을 열어야 뜸이 들기에
허공에 숨은 마지막 산그늘이 지워진다.

하루가 몸을 드러내고 사랑이 끝났다.

가뭄

비는 어미의 힘든 숨결처럼 내린다
해갈되지 않는 여름을 쳐다보는 개펄 위의 짱뚱어 눈
처럼
어둠이 나리는 창밖은 그저 아비의
인생처럼 젖어 고즈넉하다

조금씩 그만의 자국들이 흘러내리는 무게감
소화다리 중간쯤 서 있던 살결 흰
계집아이는 이미 없다. 우주의 조충처럼 진화해
다른 사내의 유전에
살아온 날과 살아갈 날을 얹어버린 것이다

모두 처음 것을 잃어버렸다
헐어버린 첫 것의 자리에 새로이 리모델링된 채
살아오고 살아가고 있다
아비의 오늘도 어미의 지난 기억도
지금 내 속에서 바라보는 저
밖도 점진적이다.

〈

비료 많이 한 배춧잎처럼 타들어가는
오늘이 내일에 건네는 눈길은
장애다 ― 그리고 기름진 한마디를 기다린다

손 · 을 · 내 · 밀 · 어 · 주 · 세 · 요.

쓸쓸함에 대하여

46억 년을 살아오고 남은 억년을 향해 살아가는
지구를 생각해 본 적이 없듯이
사소함으로라도 더듬어 본 적 없는 더듬이로
추억하는 가족이라는 이름을 못 받아야 해
가장 낡은 속옷 하나로 가린 몸으로
공중에 선 사내의 쓸쓸한 웃음같이
오늘도 허공에 서서 끌어당기거나 밀거나 하는
인연보다도 관계라는 신종 바이러스에
감염되어도 좋을 성싶어
뒤뚱거리며 걷는 아이의 발자국 같은
희망의 화석 하나를 지구의 자궁에 남기고
꽃처럼 웃는 가을을 생각해 보게.

公共勤勞(공공근로)

허기진 아침을 먹는다. 오전 10시쯤
풀 섶에 떨어진 밥풀 꽃을 보아라.
누군들 슬픔을 몰라서 먹겠느냐
저마다의 사연은 기웃한 풀을 뜯으며 세는 것을
얼굴을 가리는 것은 정오의 햇볕이 따가워서가 아니다
더 뜨거운 신산한 오늘이 그늘진 것일 뿐
아침에 지친 아이의 얼굴이
부딪히는 것마다 나를 잡는 것이
내모는 아침이 그러할 뿐
노동은 하루를 경건하게 만드는 것을
아는 이마다 보도 위에 꽃처럼 예쁜 얼굴을 하고
가르치는 것을.

까마귀

대평리 전신주 위 해 질 녘 까마귀 서산 넘어가는 해를
먹었다
　깃들이 갈색으로 변하고 울혈 같은 태양의 뜨거움은
끄르륵 넘어가고
　반개한 눈길 속에 죽음 너머도 보였나 보다.

　사랑하다 고개를 넘지 못하고 허기져 쓰러진 어느 이
름 없는 지석을 위하여 지게를 받치며 쉬기 직전의 막걸
리로 고수레하는데 어디선가 목마른 청설모 한 마리가
젖은 땅을 핥았다.

　늑대 같은 회색 저녁 빛이 눈을 뜨고서
　모르는 척 짐짓 너스레를 떠는데
　기대어 둔 지게 작대기 같은 설움이 쿨렁거리며
　넘어지고 만다.

　저런, 땅거미 짙어졌다.

제6시집

동박새(2인 시집)

빗살무늬 기억

한낱, 대지가 하염없이 뜨겁던 날
바람 위 무릎 베개를 하고서 기류를 타며
능라이불을 덮고 누워
공중에 임하다 말고 깨인 꿈처럼 살다가

내 사랑은 빗살무늬 토기로
고령 어느 지방의 무덤에서
발견되었다

물에 잠긴 얼굴이 반이고
주름진 삶의 결이 많아
비록 얼굴이 웃어도 하회탈이지만
꽃처럼 살다간 향이 배여
그저 배시시 웃는
열다섯 꿈같은 오늘이었다,
오늘이었다.

울지 말어 사내는 가슴으로 묻는 게 사랑이다

울지 마 사내는 우는 게 아녀
가슴에 묻어야제
꿈꾸듯 저 개펄에 스스럼없이
온몸을 던지는 에미의
쓰린 인생을 돌아보지 말그라

팔팔 끓는 물에 해금된
꼬막을 넣고
한쪽으로만 돌려주는 주걱질에
꽉 다문 입술이 열리듯
짭쪼롬한 그 맛은
바다의 향일 뿐, 니 인생의
눈물 맛은 아니제 알긋제

바람의 살점을 씹으며 하염없이 바라보던
바다의 등을
이제는 마주해 두 눈 부릅 뜰 때가
되지 않았겄냐

〈

여문 바다를 향해 두려워 말고
가슴으로 받으며 나가야제
오늘 이 쓰린 이야기를
가슴에 묻어야 쓰지 않겠냐
골 깊은 참꼬막처럼

하루 종일 눈길에 머문 나비 이야기

산자와 죽은 자의 경계를 늦은 가을
산행을 통해 보았습니다
운동화를 신고 산을 오르는데
나비 두엇 깃을 접었다 날고
바람에 묻은 물내음을 알았는지
머리 위를 날며
가르쳐 주었습니다
비가 온다고,

참이슬에 초콜릿 과자
음복을 하고
산을 내려오는
팔랑거리는 나비 한 마리

두고 온 뒤가 외롭지 않게
고즈넉한 햇살이 접히고
오는 내내
따라온 나비,

〈

가을 능선은 며칠 내내
물기가 가득할 것 같습니다
나비도,
며칠 뒤에는 훌쩍 계절의
가피를 버릴 것이라는 것을
알기에 저리
바쁘게 춤사위로 들려주나 봅니다

사랑 그 거짓말

단어와 단어 사이에 운율이 있듯
사람에게는 나름 향이 있다고
이른 나비 한 마리 폴짝
허공을 내려오네요

달 밝은 반대쪽 우주음,
바람 부는대로
쓰러져 시가 될래요

목도리 꼭꼭 삼매주던
기침 많은 건너편
단발머리 달집처럼 태우며
보름밤이 될래요

쓸쓸함에 관하여

해거름 길모퉁이 돌아
빈집을 향한
낡은 구두코에 눈길이
머물 때

바람이 낙엽의 깃을 쳐
하늘의 무게만큼
한 사람의 낯선
등을 보일 때

마흔 지나 마흔을 훌쩍 지나
가슴속 마른 샘에
마중물 같은
사람이 만져질 때

결혼

허공에 배를 불러
집을 지어라

한 여자가
나올 것이니

벽오동 선율에
가을 낙엽 밟는 소리

화혼의 촉은
퇴락한
계절의 끝 옷자락을
물들이고

모든 것은 시절처럼
달무리 속
기러기처럼
숨는다

제7시집

도마시장

송광사 일주문

살다가 억장 무너지는 날이면
한달음에 다다른 송광사 일주문 아래
계단 앞에 이르러 숨을 가누고 서면

첫 댓돌 옆에 세워진 좌측 원숭이상은
왜 왔냐고 놀리고
우측 해태상은
가뭄에 큰비 들지 모르니 돌아서란다.

숨차게 오른 일주문 위에
먼저 가신 큰스님 편액에 들어 풍채 좋은
문장으로 가르치시고

일주문 지나자 좌측에 백일홍
하늘거리는데 선뜻 눈을 마주치지 못하는 것은
낮달은 심술궂은 노스님처럼
이죽거리며 웃고, 선방 앞 댓돌 위에 고무신
하얗게 질긴 내 서러움처럼 삼키는 중에

〈

백일홍 밭치 그늘 아래는 꽃이 핀다.

華嚴(화엄)

산중에 밤은 깊고, 해갈되지 않는 갈증은
길을 열었네

서성이는 중에 작은 종 하나를 주워
흔드니 화엄이었네
구례 화엄사 인근이었나?

부도탑 위 촘촘히 내리는 솔잎은
경혈 하나를 뚫고 울혈 하나
공중에 사리처럼 내어놓는다

새벽의 살을 찢고 태양이 떠오를
즈음을 기해

부족한 사랑이 서럽고 미안해서

큰아이 눈을 들여다보면 가창오리떼 군무의 그늘이 보
이고
헝가리 랩소디 같은 운율로 바람은
스무해 빈 하늘에 새떼의 산란을 보이는데

아려서 눈물이 젖어 들어요 나지막하게 숙인 산은
봄물처럼 가지 끝에서 맺힌 수액을 내어놓고

애비는 남극 펭귄이 품은 발등 위의 부화를 기다리는
알 같은 오늘이 하염없다.

달무리 1

김이 되려면 파래는 수없이
바람과 풍랑에
자신을 자맥질하여야 하고, 택함 받기까지

그 누구의 백성도 아닌 유리된 자유
천천히 때를 기다리는 중에는
달맞이꽃 같은 소슬함으로도 쓸쓸하지 않다

달을 품은 달항아리
깊숙하게 침잠된 한숨만으로
보듬을 줄 아는 여유.

도마시장 2

들어보셔요 가장 허기진
노천에서 국밥 한 그릇
팥죽 한 그릇이 지금
우리의 현재를 키워놓은 DNA라면
찾아봐야죠 연어처럼

우리가 골목 상권을 찾아보는 것
분유먹고 자랐지만
젖내 그리워 품을 찾는
더듬질이라는
조금은 데면데면하던
어색함의 원근을 회복하는 길,
길은 마을에 닿아 있다던
어느 시인의 말처럼
누구와 함께
그곳에 갈 것인가를
생각해 봅니다

도마시장 3

쓸쓸함은 어둠 속을
응시하는 것이다
낯익은 관계 속의 함정은
신의 덫

해오라기빛 하늘에
한 사람을
그릴 수 있을 때
낯익은 가사말처럼
다가오는
시장에서만 볼 수 있는
얼굴 가뭇한 파마머리
가슴 타도록 주름진 손등에
지는 낙숫물은
비가 아니다 눈물이다.

도마시장 5

가슴께 차오르는 물질 사이
새 두엇 날자
소화 안되어 가슴을 치던 어미처럼
벌교 포교당 종이 울고요

겨울 풍경처럼 남은 까치밥을
흔들던 부려진 삶이
대목 5일장 다리를 끌며
돌이키는 발걸음

하,

아이들 얼굴 구두코 위로 영그는데
도마시장 사람들이
가족 되네요

도마시장 7

기꺼움을 아십니까 사람과 사람이
꽃이 되어 언약을 하는 *洗心*(세심) 같은
시장 안에서 손을 마주잡는
우수 같은 웃음을 얹는데,

팥죽 한 그릇에 어머니, 귀가 크고, 웃음이 맑은 사람이
될게요 그래서 더 이름 모를 풀꽃 같은
당신들의 쉬운 표현이 되어
눈발처럼 다가서며

진정성의 한 사내가 보이는 시장 한 귀퉁이
민심을 만나려고 찾아왔습니다

도마시장 8

아침에 펫북을 열자 초콜렛이
보인다 마음의 시작은 같은데
세대와 市場(시장)이 달라졌다

오늘 누군가를 향하는
마음이 있는 자는
市場(시장)을 향해 나서시라

두려워 열지 못하는 이들을 향해
볼륨있는 거래를 하시라
복수초처럼 언발을 녹이듯이
가장 낮은 곳을 향하여
눈물을 훔칠 수 있도록

도마시장 9

비탈에 검은 사내의 등은 겨울산을 닮았다
리어카를 끌던 아비의 땀처럼
시작은 불안한 오늘의 수액을 드러낸다

좀 더 나은 오늘은 연잎 대공을 지나는
바램이다 도마시장 지나 중리시장으로
날마다 바람은 분다

조금은 더 나은 내일을 꿈꾸는
마을 어귀에 시장은 선다

오늘은 무엇으로 좌전을 벌일까?

도마시장 10

'나중에 이리 업어줄거냐 우리 막둥이?'
입에 담을 수도 없어
쥐똥나무 화단에 헛기침을 뱉는다.

문득 하늘의 목어 소리에 놀라
새 두엇 날고
강들은 산야의 얼음진 마음속으로
봄물처럼 흐르고
중교통 다리 위로 재래종 수선화
보고 싶어 향한다
쓸쓸한 것이 겨우내 속으로만
삭힌 튼튼한 뿌리에
견줄 바는 아니지만
그래도 시장에 가면
어머니 목소리가 들려
무언가를 사게 된다.

도마시장 13
— 보름

잡티가 들어갔다 바람을 마주한다
맑은 이슬 한 방울 기억처럼 흘러내린다
보름 액맥이처럼
어머니가 불어주시던 입김이 가물거린다
대목장을 향해 한숨을 쉬던 날부터
나는 보름을 앓았다
달 뜨는 시간부터 제일 먼저 더위를 사 주시던 어머니
웃으며 그 여름 뜨거운 열사의 고통도 마다않고
사 주시던 모습이 지금은 멀다
달무리진 봉당 위로 들어선 발걸음에
"왔냐, 밥은 먹었냐"
물끄러미 들여다보던 눈길에
강물을 거슬러 오르는 연어의
미학.

도마시장 17

대전을 사랑하는 마음이 다 같다고 하기엔
피는 꽃들의 얘기가 참 많지요

처음 이야기가 예수는 말구유에서부터 시작하였고
시작은 향해 있는 눈길에 따라 배란다 꽃들이
피는 순서가 달라서 어쩌면 그렇게 강물이 흐르듯
여울지며 흐르는 이야기가 그렇게 예쁜지

그렇다고 피는 꽃들이 어찌 철마다
순서가 없을까마는
때론 이렇듯 난전에서 피는 꽃들이
고울 때도 있답니다.

눈길이 어디 한 곳으로만 흐른답디까
금강변에 터를 닦고 사는 사람은
발원지에서 나온 물을 마셔 본 사람이라면
場 서는 오늘이 바로 난전,

사람 사는 곳에는 필요한 이야기를 하는 쟁기꾼들이 틔운

　시장이고, 그곳이 바로 세대 없는 봄물입니다.

도마시장 18
— 발화점

시작하는 사람을 보셔요
신발끈을 고쳐 매고 시선을 고정시키지요
누군가를 향한 마음의 시작이
선혈처럼 맺히려면
마음을 다잡고 또 확인해야 합니다.

아침에 들에 나가는 사람을 보세요
연장을 거꾸로 들고
더 깊숙하게 더 단단하게 자신의 몸속에 파묻히도록
자신의 마지막을 두드립니다.

오늘 시장 앞에서 누군가를 사랑하는
마음이 생기거든
당신은 어떻게 하시겠습니까?

도마시장 19

산조에 몸을 실어 본다 말 못하는 고북 속 적막
이른 매화꽃 몇 숭어리 몸을 부리고,
달무리처럼 번지는 눈물이
시장 한 켠 이른 쑥 한 접시 파는 할머니의
새참 쑥버물 위로 향해 있다
떠나온 길이 너무 멀어서
어미 눈 속에 출렁거리던 바다를 보지 못했다
땀이 흠씬 배인 등허리를 타고
학교를 갈 때도 몰랐다
아이가 아프다며 나가지 말라는 아이의 말에
비로소 알았다 늦은 저녁 파장을 향해 가던
어머니의 마음을 불혹을 넘긴
어느 한날
만났다.

도마시장 20

기대어 서야 사람이다 불안한 현실이 산비탈에서
무언가를 향한 해갈되지 않는 타는 목마름
누가 있어 한 바가지의 물을 길워 줄 것인가

시장 초입에서 만난 사람마다 근육질의 겨울을 만나고
괭이가 박인 손 억세게 잡을 때마다
스스로 척박한 이 땅 위에 시작 변화임을 안다

사람마다 건네는 웃음이 비장한 각오의 바람이라는 것을
안다. 춘분처럼 열리는 새로운 시절을 위해
영육이 무릎걸음으로 섬겨야 할 시작이
도마시장이다.

도마시장 21

기다리는 것은 겨울 철새가 언 강 속을 헤집는 발처럼
더딥니다 무언가를 향한 해갈되지 않는
갈증을 토대로 흐르는 강은 얼지 않아서
겨울 강밑을 훑는 부리처럼
우리는 깨문 입술 사이로 조금씩 조금씩 점진적으로
희망을 향한 구호가 되어 나가는 아아
아침이 오는 미명 아래에 삼삼오오 모여
군무를 이루는 독도는 우리땅 플래시몹처럼
그렇게 만나는 또 다른 시장 앞에서
헐거운 등에서 흘러내리는 땀을 훔치며
손을 붙잡는 하루를 기다리고 있습니다.

도마시장 36

새들의 행보는 점점이 이어진 발묵이다
노을을 배경으로 한 이야기는
저문 강에 담긴 산의 발치 끝 그림자 같은 것
시장 안은 온통 횡행하는
하루의 버거운 이야기가 문수 없는
벙거지 신발 같아서 살아갈 날수가
발바닥에 문양석 같이 박인 팽이
서성이는, 늦은 밥상머리
둘러앉아 기다리는 이들을 위하여
지금의 헛헛함이
파장의 시장에 마지막 봇짐을 싸며
주운 비늘 하나에
내일을 기약하고 있다.

도마시장 42

허공이 번지고 있어요 수채화 같은 이야기가 깃들어
길을 걷는데 눈물이 나요
어미의 이야기가 그렇고 아비의 사연이 그러했듯이
누군가 마지막 남은 시간을 같이 살자고
부탁받은 적이 있는 사람의 이야기는
조금은 한적한 대숲을 걷듯 하고,

아플 때마다 풀잎처럼 빗방울에 몸을 일으키는
무거운 사랑을 잊지 못하고
오늘 허접한 하루를 누군가를 위해
목숨처럼 접으며 건넬 사랑가를 부르는 것은
자진모리, 봇물처럼 흐르는
살아갈 날에 대한 꼭꼭 눌러 쓴
살아남은 자들의 묵시록 같은 것,

그것이 바로 미래가 사는
도마시장 이야기.

도마시장 43

바람이 지나가다 멈추고 휘도는 야채전
식은 도시락에 뜨거운 물을 부어먹는
주름진 손등은 퇴락한 인간의 역사에 대한
희망이다

마음에 드잡이질하는 휘모리 장단에
쓸쓸한 저녁이 깃들면
파장의 시장에는 삼삼오오 주머니에 손을 깊게 꽂거나
가슴을 쓸어 안은 이들이
허름한 도마시장 인근 주막을 찾는다

간절곳에 해 뜨듯이
쓸고 지나가는
뜨거운 국물에 말없이 유영하는
밥알이 건져질 때마다
첫잔에 사무치는, 첫잔에 사무치는
오늘이, 당신을 향한 나의 사랑이고
고백이다.

도마시장 44

한여름 시장의 땀은 꿈의 비늘 같아서
간혹 이름 없는 이들의 웃음에
영글어 떨어질 때가 있었다

어느 족발집에 앉아
막걸리를 먹던 기억
치자꽃처럼 싱그러운데

굵은 눈썹의 한 사내가
멈춘 리어카를 밀어주며
'힘내시오' 한다

한참을 그러다 뒤를 돌아보며
눈이 마주치는데 도마시장은 그의
고향인 모양이다 웃는 것이

제8시집

新錦江別曲(신금강별곡)

新금강별곡 1

이야기의 결을 만지는 겨울 錦江의 새,
사랑이 아니어도 좋습니다

꽃처럼 품에서 잠들던
홀딱 벗고 새,

비 갠 하늘에 한 줄 반개한 약사여래 눈,
공주 석장리 유적 옆을 지나던 홍건한
노을 같아서,

산보다 크고 산그늘보다 깊은 이별의 죄를
어루만지니 지은 죄가 하늘 같습니다

서러운 것을 보니, 영육이 무릎걸음으로
갈대처럼 呱呱聲(고고성)을 지르며
결을 일으키는 바람이 됩니다

新금강별곡 3

　허기진 놈들은 다 강가에서 살아라 남몰래 말 못 할 한
숨이 있는 놈이라면
　반드시 금강가에 찾아와 나를 찾아라 붙들 것 없는 하
루가
　뼈가 쓰는 시를 골육을 먹을 수 있는 놈 와서 먹어도
좋다

　날마다 꿈이 남포등불처럼 퍼덕거리고 나의 사랑이 금간
　사금파리처럼 강밑을 훑고 지나는 중에도 이르지 못한
　나의 연서는 갈대 속으로 숨어 봄이면 뻐꾹새 소리로
운다

　죽은 시인이 되어 이 겨울은 강 밑에서 울거나
　공중에 등신불 구름이 되어 울겠다 마지막 노을이 되
어 홍건하여
　귀깃이 쨍하도록 얼은 날.

新금강별곡 6

장독 깨지는 소리가 나는 허공에 얼룩이 생겼다
철 지난 기러기 기웃거리는 중에
낮달이 철없이 히죽하고 웃는다
삼삼오오 강태공 드리운 찌에 바람이 장난을 하고
겨울강 아래를 훑던 마음이 방생을 하는데,
더딘 사랑에 마음에 추를 달지 말아라
아직은 쓰러질 때가 아니다 진눈깨비 오는 시장에
전등불빛 아래 민물고기처럼 누운
가난이 부른 노래는 시작의 음계를 짚는
선율일 뿐이다

新금강별곡 23

하루는 목발 없이 걷자고 마당을 걸었던 적이 있었다
뼈가 곧추서지 않으면 바로 설 수 없다는
설움에 하늘을 막막하게 올려다 보았다

지나던 잠자리 살풋이 내려앉아 내 어깨 위에
앉았을 뿐인데도 가을이 출렁거리고 있었다

새벽장에 도드라진 설움에 10원 장사를 하고
돌아서 가는 길에 지친 잠결에도
안심하기를 내일이 선물처럼,

수선한 오늘이 되지 않기를 바라는 모든
모든 가난한 이들을 위해
말구유에서 그분이 나셨다는데
별처럼 시린 오늘 새벽,

금강은 말이 없다 묵묵히 제 갈 길을 갈 뿐

이른 꿈들이 비스듬하게 결을 밀며 가는데
별당아씨 놓은 수 위로 나비 한 마리
팔랑거리며 앉나 보다, 새벽 이슬을 맞으면 안되는데
안되는데.

新금강별곡 34

강가에 앉지 마라 쓸쓸한 것도 하루다

공중에 밟히는 구름이 자꾸
허기져 쳐지는 것은 오늘을 사는 이들의
슬픈 눈길로 인함이니
그 누가 있어 위로가 될까

금강 하구에서 물길도 눈물이 차올라
멈칫거리며 탁해지는데,

봄은 아직이네
금강은 기름처럼 흐른다 여래 후광처럼 노을을 품고
용암처럼 굳어간다

新금강별곡 50

누워도 별이 보이고 서서 달이 보이면
살폈던 그 사람 물처럼 흘러서
지금쯤 대해 앞에 섰겠지

멈칫거리지 말고 강과 바다로 만나
몸을 섞을 때 아프지 않기를 바랄 뿐
사당 앞에 있던 까치밥
사라지고 솜털이 일어서는데
볼살에 봄볕처럼 어른거리는 그림자
홍매 여물었나보다

길은 하염없는데 물을 길은 없고
묻자니 동춘당에 훌쩍 몸을 부려야 하는데
쉽지 않네 쉽지 않아

문에 손가락 넣고 구멍 낸 자국에
얼비친 눈물이 얼었네,
눈길이 얼었네

新금강별곡 99

울지 마라 니 아베도 그랬다
물끄러미 달 들여다보는데
물길이 열린다

간헐천처럼 뜨겁게 밀려오는
물길이 내 속에 뜨거운
용암이 되고,

스스럼없이 저지르는 저 교만한
제단을 쓸어버리고 싶은 꿈은
하데스의 절망과도 같아
동춘당 지나치다
조선의 별을 만난다

서녘으로 기우는 동선이 하늘에 닿은 궐량 같은데
부러진 목발의 한 켠이 쓰리다 진도 앞바다
밤풍경이 서러운데 혼자왔냐고
묻는다

新금강별곡 100

당신, 참 무던하다 노래 한 소절 한 소절이
가슴을 저리고 낯익은 드라마에
눈물을 찔끔거릴 무렵, 공중을 밟고 하늘에 올라
별당아씨 한숨과 눈물을 받으며
500년을 산 '무던하다 당신'

용머리기와에 이끼는 둘째 치고
담쟁이 덩굴이 암기와를 넘을 때
팽목항에 들려오는
울음을 알았던지

일 년이 지난 지금에도 눈물이 마르지 않는 것은
금강 기슭에 묵은 원혼들이 기어나와
모르쇠로 일관하는 말없는 이들을 향해
불길이 될 수 있다는 것에 대한
대오를 이룰 즈음

불길처럼 살아오는 전봉준의 상투머리 상투머리

녹두꽃이 질 때면 니들이 매달은 갑오의 원혼들이
새로 우는데 오늘도 어김없이
우는데.

제9시집

모성의 만다라

모성의 만다라 1

정월 대보름 달무리처럼 웃으시며
'내더위' 사주시더니 우리엄니 나비되셨네

힘겨운 허물 벗은 중천에 비 한소쿰 내릴 즈음에
차오른 눈물이 되고는 할 텐데 어쩔거나
걱정되셔서

헛헛한 삼칠일 견디지 못하고, 막막한 49재 참아내지
못하고
뭉개지는 마음이 보이시겠다, 아비도 모르게
가시덤불 너머 나비처럼
숨으신 우리엄니.

모성의 만다라 4

엎드려 기어다닐 때에도
헛헛한 눈길이
뜨거운 울혈을 삼킨듯
했습니다

늦은 밤 귀가, 밤길을 서성이던
마음이 무던하더이다

물빛에 젖은 길 위에서
간혹 부딪치는 만다라

마을 어귀 새소리
당신을 찾아 먼 여행이 시작되었음을
알리는 기적 소리 같습니다

모성의 만다라 6

달이 바다의 결처럼 후광처럼 빛날 때,
봄은 엄니처럼 한숨 짓다 갔어요
감꽃 진 마당에 폭풍주의보
전신주 파도처럼 넌출될 때야
천둥, 비

마루에 걸터앉아
서럽게
마중물처럼 지쳐드는 비바람
엄마 품처럼 안는데, 안는데

모성의 만다라 8

깜박, '꽃처럼 흔들렸다'
바다 위는 달이
길을 열었고,

슬그머니 걸어서 오는
엄니,
꽃처럼 웃으시네

아들 노곤함 쓰다듬고
가을 저녁처럼
웃으시네

모성의 만다라 26

잠들었던 모양입니다 사물을 하던
당신의 뒤안에 흔들리던
그림자,

장독 위에 정화수 별이 소복하였지요

가뭇하던 하늘에 성큼성큼 다가선
계절이 낙엽의 조악한

벌레 먹은 꿈같은
시 한 편처럼 서늘함
그것이지요

모성의 만다라 29

'별 따다 준다고 하지 말 것'을 괜히 약속했다
'달 따다 준다고 하지 말 것'을 괜히 샘부렸다

정월 대보름 상 차리는데 급한 왜바지가
바람을 일으키는데 애궂은 더위만 팔고
검버섯 핀 얼굴이 흐려지고
내 얼굴에 옮겨붙은 지금에서야
미안하다고 말하기 너무
힘들다 '엄마'

모성의 만다라 31

계룡의 치맛단을 흘러 바람은
등을 보이며 동춘당 용머리기와에 이르러
기호로 흘러갑디다

백두의 능선을 타기도 하고
차령을 타고 민주지산에
살짝 쉬어가는 꿈같은 엄니의 하루

지리산 처마 아래 제석산 이르러 바랑을 멘
기호는 입술을 깨물며 벌써
백두의 신단수에 목을 축일 생각에
살아온 족적의 신산스러움 허물벗겨
방생을 합니다

모성의 만다라 33

별이 뜨다 지는 곳에서
금강의 마음은 비단나무의 문양 같아서
쓰러져 있는 자들의
헐거운 눈길을 붙잡지요

시장 한가운데 파장의 결 같은
금빛 비늘의 역,
촉촉하게 젖어들 꽃 한 송이
졸 때까지
밤은 더디게 흐릅디다

모성의 만다라 36

가도 가도 흙내음을 어쩔까요
요령 소리 뒤에 만장과
흔쾌히 흐느끼는 바람에 날도
좋습니다

배시시 모시적삼에 문드러진
웃음이 음표처럼 넌출지는
꽃비 나리는 아파트 화단
앞에 새초롬합니다 '엄니'

모성의 만다라 44

밥태기꽃에 고봉 쌀밥으로 여기던 허기를 아는 분
쉰 보리밥 씻어서 둘러앉아 꼬린 젓갈 놓고
엄니 아부지 눈짓하며 서럽던 밥상,

이제는, 가끔 기일되면 둘러앉을
누이와 나 그리고
아들 둘은 희망이다

모성의 만다라 47

갈 수 없는 장지를 향해 밤, 새처럼 울었다

까닭 없는 속으로 울음이 밤배처럼
흔들리며, 새벽의 깊은 숲으로 걸어 들어간다

낯선 엄니의 소천, '와병이 깊어 그럴지니 이해하여라'
해도 아픈 노동으로 무너진 엉치뼈에 실금은,

알타미라 동굴벽화에 금간 자국 같은 것을 보자
간데없이 낯선 사랑니 하나 퉁퉁 부은 것 같다

모성의 만다라 49

'엄니, 나 갈라요'
'지금 이 시간에 어딜 갈라고?'
'지금 가도 늦어라'
'다시 올 텐께 지둘리시요'
내려서는 토방이 휘청합니다

'아따 어디로 가냥께'
'금강으로 갈라요'
'뭐 하러'
'신금강별곡 때문이랑께요'
'니는 만날 시라고 쓰는데 나는 읽을 줄 모르고
누구 보라고 그리 쓰고 맹그냐'
'서러운께 안하요 엄니처럼 글 못 읽어도 안 서럽고
그냥 흐르듯이 선율로 따라 흘러도 흥이 나는 그래서
더욱
내일 같은 詩(시)가 안 그래야 쓰요'
'헛다 퍽이나 그러겠다 이놈아'
등짝 때리는 손길에 또 한 번, 휘청합니다

〈

'아직 이 땅에 살면서도 강이 젖줄이라는 것만 알았지
모성의 시작이자 만다라 같은 것이라는 것을 모르니까
안하요'
엄니 탈상하는 날 혼잣말처럼 하는데

'엄니 49재 지나고 갈라고 이리 죽치고 앉아 쓴 거라
니까요. 엄니, 서운해 마시요 이제부터는 세상에 엄니는
다 내 엄닝께 좋은 곳으로 오르셔도 괜찮허요'
'머시가 괜찮은데, 난 괜찮아 너만 괜찮으믄'
등 돌리고 돌아눕는데 절인 몸이 멍석 말고 맞은 것 같
습디다

'詩(시)는 코끼리 무덤 같은 곳이요'
'그림으로 그리자면 만다라 한 폭 같은 것이제라'
'들숨과 날숨이 잦아들면 엄니, 계신 곳이 내 집인께
꼭 그 자리에 계시시요
알았지라'
돌아오는 길이 뒤를 보면 안 되는 것 같아 답답했습니
다.

모성의 만다라 56

홍교다리에서 보는 낙안벌은 엄니의 눈물 같습니다

노을에 젖은 다리 밑 물길이 장도 앞바다에
이를 때까지 용서받지 못할 게 없는 것 같습니다

실치들이 몸을 이루며 곤붕이 될 때까지
바다는 몸을 뒤틀며 풀 때까지 계절의 자맥질을
거듭하고 있습니다.

사랑은 용서받기 위해 섬기는 것이라는 것을
알게 하는데는 그리 오래 걸리지 않습니다

모성의 만다라 60

자즈러지는 빗줄기처럼 용서는 살아온 날수만큼 쪼그
라든
엄니의 젖줄 같습니다

반추는 끊임없는 기억의 비늘을 주우며 눈물을 흘리는
데,

이제는 화해의 문양을 짜며 만다라 한 폭을 완성해야
시대의 역류를 가슴으로 받을 것 같습니다

'雌雄同體(자웅동체)' 생명이 그러합니다

꽃 없는 무덤에 핀 민들레

꽃핀을 꽂았네, 봉분도 살아생전 이제껏 한 번도 해준
적이 없었구만
잠깐 형이 왔다 갔나보다 겨우내 지기로 사시다
보리처럼 젊어 지시려나보네

'우리엄니'

花輪(화륜)

헐거워진 인생을 반추하는 사이 벙긋거리는 것은 마애
불 웃음이 아니다
　장애인 콜택시는 지체되고 있었고, 날 때부터 세상에
버려진 꽃 같은 꿈
　'파르티잔'이 되어 별 부스러기가 되었네

　구르는 바퀴가 움틔운 꽃을 지나치자니 움찔하는 바람
에 숨을 쉰다

누나가 서울로 취직하여 올라가기 전날

　젠피나무 옆 꽃 흐드러지게 필 때마다 고봉밥이 생각나 허기가 지던
　박태기꽃에는 숨은 엄니들 이야기가 흐드러지더만

　여린 된장보다 강된장이 든 쑥국에 숨은 바지락 위로 식은 찬밥 한 덩이 말아서
　곰삭은 밴댕이 젓갈에 숭숭 썰어 넣은 다진 매운 청고추와 붉은 고추 넣고 살짝
　지져놓은 저녁상에서 누구도 꽃을 얘기하지 않았다

꽃의 이중성

'꽃시'라면 '아' 하는 시인이 있는데 그 제자들은 꽃이 싫다고 합니다 왜냐고 물으니 영감이

꼰대라서 그렇다고 합니다 아니 그렇게 귀중한 시간을 떠나 보냈다고 합니다 하지만 영감만큼 나이가 들어서 헌책방에서 영감의 시집을 만나고 다시 보니 '꽃'이 좋았다고 합니다 그래서 그는 '꽃시'를 쓰지 않게 되었다고 합니다

그럼에도 불구하고 내가 '꽃시'를 쓰겠다고 하니까 '써 봐' 하면서 빙글거리며 웃는데 '그려' 하는 내 눈에 비친 그의 벗겨진 이마에 땀이 돋고 있었습니다

손에 귀신 붙던 날

'절뚝발이' 하고 도망치던 가시내 내가 던진 돌에 맞았
지 깨진 머리에
  된장 바르고 찾아와 사과하던 폼이 아련하다

졸다 깬 지금 댓돌 위에 신발이 아득한데, 토방 아래
제비꽃, 민들레 머위가
  기대어 살고 있을 그곳에 어머니가 없고, 밟히는 꿈마
다 지천에 꽃, 꽃, 꽃

절뚝발이 시인은 가난과 무명으로 옷을 지어 입고 도
깨비처럼 웃는다.

和音(화음)

    라흐마니노프 죽음의 섬처럼 생긴 꽃이다 차는 갑천을 지나 회덕향교를 지나고 있다. 흘러간 시간을 반추하여도 보이지 않고 발등 위에 머문 빛이 시간만큼의 조악한 생명이 되어 헐겁게 오르는 것 전민동 집에 이르렀다.

    꽃을 지나치는 사람은 마음에 원융을 그릴 수 없고 나무 사이에 걸친 달을 보며 거문고 소리에 하염없이 늦여름 매미 소리에 잡혀있다.

기억의 흔적

　지린 오줌 자국 같은 천장에 쥐 낯을 본적이 없다 간간
이 수채 구멍 근처에 사체로
　발견되더니 덫은 봄 놓았고, 바람은 마술피리처럼 꽃
비늘을 날려 넌출대는
　초파일 등줄처럼 넌출대다가 미물들을 향해 스님처럼
앉아 계시는
　배롱나무 한 그루

동아오피스텔 앞에 제비꽃

살아온 날수가 살아갈 날수보다 적은 날 후불탱화처럼
꽃이 피었습니다 의미와 유의미에 따라 희생양이 되고
유리되어 떠나는 양이 될 것입니다

기루는 죄는 관념이 되기보다 실형을 살았습니다 실형
을 살고 나서도
무의미했습니다 그러자 발치 끝에서 큰 기침소리가 나
내려다보니

제비꽃 한 송이 서럽게 웃습니다.

풀씨

몸을 부리는 법을 배우기 시작했어요 속으로 일으키는
기운을 향해
깨어 있다가 몸을 얹습니다 기류를 타고 풀섶에 앉아

구름이 모이고 비가 되어 내리고 온 땅의 형상이 갖춰
질 때까지의
기다림으로 향해 있어야 비로소 당신을 향한 한 송이
꽃이 틔워지는
참 쉬운 사랑이 되고자 하는 마음을 배우고 있어요.

탑

남산을 깔고 앉아 배시시 웃는 꽃 같은 탑, 이끼를 몸에 두른 용장골의 삼층탑 발길 아래
풍장 치른 뼈가 퉁소가 되어 매달려 울더니 올해는 은방울꽃이 되어 남산을 기단 삼아
용장사지 삼층탑과 같이 앉아 있습디다.

그게 참 묘한 것이 세상에서 제일 높은 탑이지요.

몸짓하는 것들은 다 넌출거린다

곁눈질 살짝 어깨 들썩 힐끔거리는
애기똥풀 발길질에 허공을 밟고 올라
밝히는 새벽별,

들입다 부는 바람에 가슴을 내어놓으며
길을 내던 보리밭

기름진 시작은 없고 끝이 없는 길은 아직 더뎌도
길모퉁이 돌면 습관처럼 생각이 나는
보성에 다원을 찾아 떠나는 초여름을 기다린다.

입에 불리던 주소

누이가 살짝 아버지 몰래 들어옵니다

봄은 뉘엿하게 노을 안에 익어가구요
눈치 없는 독구는 낑낑대며 꼬리치다
늦게 온 누나 꼬리가 밟혔습니다.

정제문 안으로 가득한 연기에
쿨럭거리는 누나와
가마솥에 밥물 넘치는 냄새가 허기진
하루 산그늘이 되어 내려옵니다

홍교동 285번지는 지워지지도 않습니다.

중천

밝힌 마음이야 봄날의 꽃만은 아녀도 어머니 보낸 마
음이 밤배처럼
　환한 등불이 되어 무덤을 지키고 싶지만 어느덧 그 나
이를 먹고서
　아이를 지키는 아비의 마음이 되었을 때

　세상은 포구를 돌아서는 등 위로
　바람의 손바닥이 찰싹하고 닿는
　느낌이 든다고

　어머니는 그저 중천의 비로 나리고 있다고 합디다.

화농이 졌네

검은 나무 등에 박힌 옹이 사이에 살아도 향을 팔지 않
았다

팽이 박인 손이 말랑해지도록
절박함에도 꼼수 부린 적도 없다

비탈에 서서 하루를 산다는 것은
꽃이 되는 허망한 경험이다

병을 앓고 산다는 "찰라"

나비 잠깐 놀다 홀연 사라졌다

혈압이 128에 83을 가리키고 깊은 잠에 들었다 길섶
에 미련처럼 진 꽃비늘을 밟고
선몽처럼 찾아온 어머니가 아직 통증에 익숙지 않은
나에게
물끄러미 건네는 웃음이 해 질 녘 어스름처럼 잠깐 따
듯하다

"항문이 열리고 물이 흐르면 그냥 현실이 닫히는겨"
연극계 원로 최문휘 선생님이
그러셨다 나도 동의한다 밤마다 웃는 연습하는 문용덕
시인의 찰라도 그러했다.

아림이 무덤에 매화 심던 날

길 위에서 모딜리아니 그림을 봤다 목 길게 내어 민,
햇살에 영글어
　웃음이 다가오는데 느리다 앉았던 나비에게 들켰다

　사랑은 바람을 등지고 서면 안 된다 발등을 덮은 모래
톱에
　그림자에 놀란 나비는 허공을 밟고 오르네.

꽃이 비에 뭉그러져도 향이 그윽하다

얼굴 하나 지울 때마다
선몽처럼 꽃이 돋네

고향 마을 어귀에
살구꽃 향기는 어머니 냄새

소풍

   탈탈 털은 돈이 김밥 두 줄에 떡 3종류를 사서 충남대
학교 인문대학
   건너편에 벚꽃 나무 아래로 소풍 갔습니다

   짧게는 서럽고 길게는 행복했고, 사람 구경 잘했습니다
   봄은 시절의 뒤꼍에서도
   희망이었습니다.

어느 파르티잔의 봄

공중에 드리운 혀로 바람을 살짝 핥으면 파란 하늘의
비늘 하나가 혹은 둘이
혹은 셋이 그러다 비가 되어 날립니다.

벗겨진 꿈들이 농묵처럼 번지며 여백을 채울 때
한 사람이 그립고 사무쳐서 가슴 한 켠을 쓰다듬고
팔을 베고 새근거리고 잠들어 있습니다

삼엄한 시절의 봄도 대치 중에도 파르티잔을 잠들게
하는 물결 같습니다.

목발은 그렇게 만들어졌다

"뭘하면서 살래?" 하고 묻는 아버지에게 어떻게 살 것 인지를 설명하고 있었다 아버지는 속이 타는지 연거푸 막걸리 두 잔을 벌컥거리며 마셨고, 나는 추녀 아래 제비 집을 쳐다보고 있었다

내 손에는 막스와 베버 형이상학이론집이 손 때를 타 번들거리고 아버지는 세상을 향한 아들에게 다리를 만들 기 위해 나왕나무를 구해 왔고, 있는 연장을 마다하고 새 로이 연장을 만들고 나무를 말리고 불에 구워 옻칠을 하 여 비로소 세상에 하나밖에 없는 목발을 만들었다

열네 살에 만든 목발을 쉰이 된 지금까지 짚고 다닌 것 을 보면 그날의 대화가 선연하다 요양원에 있는 아버지의 숨결이 느껴지는 것은 참으로 설명할 길이 없는 정이다.

제11시집

自服(자복)

자복

하루의 허물을 털었더니 우수수 짙은 진눈깨비처럼
비늘이 털어졌다

누군가를 향해 하루치의 미늘이 이러하였을 것이니
참으로 허물 많은 삶이다

앞으로 곤고한 삶은 얼마나 더 많은 죄업이 되어
기다리고 있을까?

칼갈이

누군가를 향해 끊임없이 밖으로 밀어냈던 날의 방향이
어느 사이에 안으로 끌어 댕기는 힘이 생겼다

조금은 사랑을 배웠나 보다 이제는 준비된 마음의 결이
바다처럼 부드러워졌나 보다

춘란처럼 담담하게 웃을 준비를 숫돌에 온몸을 내어놓고
연마하고 있었나 보다

대설주의보

하늘의 대에 오르신 어머니가 내리는 날이다 어느 포
구의 폭설처럼 잇닿은데 없이 끊임없이 줄기차게 사랑처
럼 임재하는 눈,

덜컹거리는 사랑이 조바심하며 지리산 한 자락 넓게
펼친 목화이불처럼 아무도 가지 않는 길에 대한 조잡한
마음처럼

내 속에 밟지 않은 눈을 치울 것인가 밟고 지나갈 것인
가에 대한 미련함이 그도
허물이라는 것을 나이 오십에 알았으니 미련하기가 그
지없구나.

장례식

팔영산 아래에서 살다가 불현듯 떠날 때에는 삶을 몽글게 열심히 장애를 가진 아이와 남매를 키우기 위해 이웃을 돌보며 살아가는 모습에 아버지는 교훈적이었습니다.

그것은 시대를 넘어서는 현재까지 내 마음에 머물며 닿아있습니다. 진정 아버지는 내가 기억하지 못한 곳에서 온전하게 자리하고 있었습니다.

영정사진도 없이 꽃도 없이 밥도 차려지지 않은 장례식장에 서럽게 웃는 모습으로 칠성판 위에 누워 계셨습니다.

마당을 쓸던 아버지

언제 맬라요 베어 놓은 싸리나무 더미를 보며 묻습니다. 푸른 잎들이 순해지면 몸을 부리고 또 잘 묶어야 한 철 쓰는 것이지 글믄 언제 뒤껼이랑 마당을 쓸 것이요 시간 좀먹지 않으니 좀 참소 아따 성질은 함흥차사라 안 허요 이러다 선산 풀 자라 녹음되었소.

서산 해 떨어지고 달 기울면 서러운 마음처럼 수구초심 아버지는 쓰러진 마음 한 켠에 계시네.

장마

    며칠째 비만 내리는 날이었습니다. 낙안벌이 누렇던 논이 물이 가득 번들거리는데 아버지는 한동안 바라만 보더니 담뱃불이 잦아들 무렵 '저리 허망한 것을' 하며 마루 위로 거두어들인 무릎을 껴안고 목침을 당기어 베고 모로 누워 잦은 빗소리로 잠이 들었습니다.

아버지 49재

　맑은 도량에 잠드는 이 없고, 스스로 피어난 꽃에 놀라지 말아야 詩가 아닌가? 라고 물었습니다. 폭풍 속에서 뒤집어지는 만선의 꿈이 나뭇잎처럼 날아가는데 사람을 붙잡고 일으키고 길을 잃고 헤매는 사람의 발등에 불을 밝혀주는 것처럼 그가 말했습니다.

　아버지, 49재는 지옥 속에 나를 내어놓았습니다.

발우

아버지를 배웅하러 바다로 갔습니다. 혹은 불가마로 갔을지 모릅니다. 칠성판에 오르시고 의식이 인도하는 것에 따라 손자들이 팔과 다리를 주무르고 물이 맑아 깨끗한 산성의 정화수처럼 맑은 영혼의 아버님의 몸이 그곳에 도착하였습니다.

노동과 병마에 심한 피로감을 느낀 생육의 모든 것을 버리는 날이 되었습니다. 불길로 걸어 들어가신 후 그가 좋아하는 유실수 속을 걸어 들어가셨을 것이니 불구의 아들에게는 그가 살아온 날수만큼의 발우를 주셨고, 남은 날수만큼의 아들의 발우가 될 것이라는 것을 숙명으로 받아들였습니다.

아버지의 발우는 나에게 이익 됨이 없을 것이고 마지막 아버지의 육신에 입혀진 고통이 사라진 날이니 베풀지도 않았고, 인내하여 원망하지 않으며 오직 탐진치(貪, 嗔, 痴) 아버지의 길을 가십시오.

三昧(삼매)

'아니네 어리석은 아들아 꿈길을 걸어 들어가지 마라 그것은 망상이다.' 그럴 리가 없다고 도리질하지 마라 의식도 없고 의식도 아닌 것도 없는 곳은 부처가 말한 길이 아니냐 '아들아 너로 인해 연명된 수명이 잠시 더 연장된 것뿐이니 덧없는 것이 오늘이다.'

가진 것 없이 태어나 가질 것 없이 삶을 살았으니 나는 덧없이 하염없는 길을 걸어가 부리는 모든 것들이 장도 앞바다에서 붉게 붉게 마지막 노을로 타오르는 詩情(시정)일 것이니 부디 자유롭거라

절망에서 만다라를 피워내는 삶과 시
— 박재홍의 시세계

박재홍 시인은 이번 시선집에 그가 펴낸 11권의 시집 중에서 가려 뽑은 시들을 선보이고 있다. 전체적인 작품이 아니고, 본인이 가려 뽑아 시선집으로 묶은 작품이니만큼 본인의 애착과 특별한 의미가 있는 작품이리라 생각되어 그 작품들만을 통해서 각 시집별로 시인의 시세계를 살펴보기로 한다. 시집의 전체 작품이 아니기 때문에, 전체를 통찰하지 못하고 코끼리 다리만 만져본 맹인의 이야기처럼 일부분만 보는 편견일 수도 있지만, 시인이 선정한 시작품에서 시인이 의도한 나름대로의 중요성이 있으리라 생각한다.

제1시집 『낮달의 춤』

시선집의 제일 앞부분에는 『낮달의 춤』에서 고른 10

편의 시가 수록되어 있다.

젊은 날의 시집인 1시집에서는 절망과 자기비하, 희화화 등의 비관적 의식이 많이 보인다.

그러나 박재홍 시인은 이러한 고뇌의 과정을 거쳐서 마침내 이카로스의 날개를 지니는 경지까지 자신을 승화시키는 시세계를 보여준다.

　　낮술에 취해 놀던 벌건 낮달이 없다. 샛바람에 먼지 기둥 흙기둥 하늘로 솟고

　　허연 낮달이 그리워 히히 웃는 난 손 떨리는 술꾼 술꾼이란다.

　　(중략)

　　흘러온 날들이 이지러진 달처럼 바가지 위에 그린 탈을 쓰고

　　언청이처럼 웃을 때 부서진 파도로 가슴을 식히고 있다.

　　　　—「낮달」부분

시적 화자는 먼저 "미끼 없는 낚시에/눈먼 고기들"을 "거울 속 내 모습"(「주낙 1」)으로 비유하고. "바가지 위에 그린 탈을 쓰고/언청이처럼 웃"는(「낮달」) 낮달을 등장시키면서 스스로를 희화화하고 있다. "낮술에 취해 놀던" "손 떨리는 술꾼" 등의 자기비하와, "그땐 술 먹고 살지 뭐. 히히"처럼 술에 의지하는 나약함과 자포자기를 보이

기도 한다.

　"달팽이도 집을 이고 사는데, 우리는 고개 들 천장도 없이 날마다 빈 호주머니를 털어"(「샐러리맨의 서정」) 커피 내기 술내기로 화투짝을 패는, 어쩔 수 없는 절망적인 일상을 고발하기도 한다.

　　밤이면 조율되지 않는 죄 앞에 몸부림치며
　　내 살을 짓씹으며 움트지 않는 사라나무를
　　바라보지만

　　염천의 하늘에, 염천의 하늘에 파랗게 빛나는 약속의 비문
　　척추에 등창이 난 척추에 새 살을 조각하며
　　하얀 뼈에 구멍을 내고 향기 날리는 조율로 선율이 되어
　　어둠을 밝힙니다.
　　　―「하루살이」 부분

　　바람은 치사하게 장애를 가진 나의 등을 떠밀었지 그 후로 나는 두꺼비처럼 한자리에서 미동도 없이 만년을 참았다가 만년설을 일으켜 세워 九萬里長天(구만리장천)을 나는 침묵의 새가 되고 싶었다.
　　　―「이카로스(Icaros) 날개」 부분

　그러나 화자는 절망만 하고 있지는 않는다. 흘러온 날

들을 "이지러진 달"로 비유하던 절망에서 벗어나 「하루살이」에서 새 희망을 노래한다. 비록 하루살이의 짧은 삶이지만 빛나는 약속의 비문을 위해 스스로 정진하는 자세를 버리지 않는다. 사라나무 하나 싹틔우기 위한 몸부림으로 "등창이 난 척추에 새 살을 조각"한다. 그리하여 "사막의 선인장처럼 붉고 고운 꽃들이/내밀한 비밀을 틔우"는(「獨奏」) 희망을 지니게 된다.

「이카로스(Icaros) 날개」에서 화자는 바람이 "장애를 가진 나의 등을 떠밀"어도 "나는 두꺼비처럼 한자리에서 만년을 참"는 인내를 가진다. 나의 이러한 인내는 마침내 "만년설을 일으켜 세워 九萬里長天(구만리장천)을 나는 침묵의 새"가 되는 꿈을 꾸며 현실과 타협하지 않는 이상의 날개를 지니게 된다.

이처럼 제1시집에서는 절망과 자기비하, 희화화 등의 비관적 의식을 거쳐서 마침내 이카로스의 날개를 꿈꾸는 경지까지 자신을 승화시키고 있다.

제2시집 『사인행(四人行)』

1시집 『낮달의 춤』에서 홀로 자기 속에 침잠해 있어서 낮달과 술과 친구하던 시인은 2시집 『四人行』에 오면 나밖의 타자 "사람이 그리워지는 것을" 알게 된다. 고향을 그리워하고, 밤기차를 타고 고향 "벌교"로 돌아가 고향 집 마루턱에 앉아 제석산(帝釋山)을 바라보며 유년의 자기를 돌아본다. 비록 "유년의 절망이 돌이 되어 그늘 속으로 숨거나/땅속에 묻히"지만, 그 절망은 절망에서 끝나지 않고 "세상을 향한 노여움이 묵언수행 중인/수석이되었다"고 고백한다. 시인은 이처럼 "내 목줄을 조이던" 유년시절을 기억에 떠올림으로써 그 시절의 자기와 화해하고 아픔을 치유하게 된다.

　　살포시 새처럼 짓쳐드는 동무들의 부름에 同聲相應(동성상웅)하는 어디로 가는지
　　무엇을 할 건지 묻지 않고 긴 밤길을 달려 즐거운 밤마실

　　서로를 배웅하는 마음, 맛난 저녁을 지어 먹고 배 두드리며 서리 가던 마음
　　다시 헤어져 만나고 싶어지는 달짝지근한 그 맛

　　그중에 나쁜 짓 가르치는 네 번째 친구도 스승임을 아는가?
　　　―「四人行」 부분

　논어의 가르침 "삼인행필유아사三人行必有我師"를 인용하면서 타인과 더불어 함께 가고, 그들에게서 배우고, 타인을 통해 "즐거운" "달짝지근한 그 맛"인 정情을 느끼

는 시적 화자는 이제 혼자가 아니다. 논어의 가르침에 한 술 더 떠서 "그중에 나쁜 짓 가르치는 네 번째 친구도 스 승임을 아는가?"하고 또 다른 타산지석他山之石을 제시하 기에 이른다.

어느덧 부호처럼 나를 닮은 아이 둘이 내 눈 속에 아프게
박혀있고
나는 그들을 향해 더 나은 미래를 보여주고 싶으니
아마 어느덧 오랜 역사 이전 한 씨족의 족장이
되었나 보다.
—「家族(가족)」 부분

화자는 이제 "한 씨족의 족장"이 된 자신과 마주하면 서 가장으로서, 아버지로서의 책임감을 느끼고 있다. "삶 속에서 피 튀기는 점멸등이 깜박일지라도/종을 향한 까치들처럼 들이 부딪고 싶다"고 함부로 자신을 내맡기 던 무모함에서도 "잃어버렸다. 잃어버린다. 잃어가고 있 다"던 절망에서도 벗어나게 해 주는 책무와 사랑을 주는 것이 가족임을 느끼는 "족장"이 된 것이다. 그리하여 화 자는 "부족한 나 있고 넘치는 당신 있으니" "내 아이들이 물방울처럼 튀어 오르며 통통거릴 때" "신의 축복"을 느 끼며 "내일은 즐거울 것이다"(「숨은 사랑」)라고 희망과 기 대를 노래한다. 때로는 "시대의 늪지에 빠져 아득해진

오늘"을 위해 살풀이를 하고, "나의 어깨가 흔들리고 아치형 다리도 흔들리고 일상이 흔들리고/세상은 점점이 흔들리고 흔들리는 중에" "내일은 흔들리지 않기를"(「사랑법」) 기원하는 진한 가난의 날들을 만난다. 그러나 어떠한 흔들림과 어려움, 아픔과 울음 속에서도 구원은 가족에게서 온다. "아이들의 해맑은 반김은 나의 몸속에 따뜻한 바람을 넣는다"(「귀가」). 아이들이 기다리는 가정으로의 귀가를 통해 시인은 인생의 무게가 더욱 느껴지는 "두려운 서른의/마지막 문턱"을 따뜻하게 넘을 수 있는 것이다.

제2시집에서는 고향과 유년시절의 추억 속에서 자신과 화해하고 그에 더하여 가장으로서의 책무와 사랑을 자각하면서 사랑법을 익히는 시세계를 읽을 수 있다.

제3시집 『섬진강 이야기』

섬진강 연작시에는 화해와 사랑과 합일의, 확장된 시세계가 펼쳐진다.

시인은 섬진강을 통해서 강의 이야기, 산의 이야기를 듣고 그 속에 깃을 치고 살아가는 사람들의 이야기에 귀를 기울이면서 아울러 자신의 가족사와 애절한 삶의 이야기를 풀어놓는다. 이러한 시작을 통해 시인은 자신의 삶에만 갇혀있지 않고, 대사회적으로 타인과 겨레의 삶에 관심을 가지면서 시세계의 확장을 이루고 있다.

시인은 섬진강 연작시를 쓰면서 유년의 자기 자신과 어머니와 아버지는 물론이고 달무리처럼 웃는 "생머리 여자아이"도 만난다. 돌아보며 회상하고 기억을 되살린다는 것은 화해를 의미한다.

"점점이 켜지는 등불은 사람들의 이야기/달 지고 별 지는 이야기 어우러져 꿈길을 더듬네"(「섬진강 3」). 산의 이야기 강의 이야기 속에 산과 강에 의지해서 살아가는 사람들의 이야기를 풀어놓고, 그 속에 어머니와 아버지, 누이의 이야기, 애절한 자신의 이야기를 풀어놓는다. "기울이는 술잔 속에 말 못할 눙치고 앉은 이야기/온몸을 흔드는 바람 앞에 선다 이제야"(「섬진강 4」). 그리하여 "내 안에 갇혀 산 적이 있었다/흐르되 말하지 않는 법을 배웠다"(「섬진강 6」)라고 시인은 철학자가 된다.

가끔 유년의 기억은 내 등 위로 다듬이질을 시작하는데
쓰린 상처 하나가 곱게 접혀 하얗다.

버선코처럼 예쁜 아이들 소리 장마 끝자락 불린 강물 같을 때
목발 짚은 손바닥 쓰린 꽹이 위로 시목(詩木)이 자라고

길은 붉은 강을 타고 휘돌며 자진모리로 蟾津(섬진)에 이른다.

    —「섬진강 20」 부분

  시인의 섬진강 시편은 "묻어둔 세월의 얼룩"을 한 꺼풀씩 벗겨내는 일이다. 어머니의 눈물로 시작된 유년의 삶과 정면으로 대면하여 "쓰린 상처"들을 치유하는 일이다. 그 상처의 대부분은 "목발 짚은 손바닥 쓰린 팽이"로 연유되는데, 자라나는 "시목(詩木)"이 그 쓰린 팽이를, 쓰린 마음의 상처를 치유해 주고 있다. 시목으로 인해 열리는 새로운 길은 "자진모리로 섬진(蟾津)에 이른다". 자진모리는 민속악의 장단 중 비교적 빠른 템포의 장단이다. 진양조, 중모리, 중중모리 장단에 이어 가장 뒷부분에 배치되며 대부분의 산조는 자진모리 장단으로 마무리된다. 이처럼 시인이 마무리 장단인 자진모리 장단으로 섬진에 이르기까지는 "유년의 가슴에는 이별이 돋아나고"(「섬진강 11」) "쓰린 겨드랑이 밑을 지탱하던 목발에" 꽃을 피우기까지 "천형에서 축복으로" 인도해 준 "시"가 있기에 가능했던 것이다.

  사랑하지 마라. 풍경처럼 울며 기대인 바람에 허수아비처럼 쿨렁거리며 손짓하는 덧없이 흘러온 오늘이 말한다. 사랑하여라 멈춰진 시간 속 침잠된 나무뿌리처럼 깊은 심연 속 소리치는 섬진이 말한다.

한 사람을 온전히 보듬을 수 있어야 비로소 마을을 이루
는 강이 된다고 섬진과 나는 안다.
―「섬진강 39」부분

시인은 "섬진"으로 하여 "사랑"으로 하여, 더불어 마
을을 이루고 모여서 함께 살아갈 수 있는 삶임을 터득한
다. "한 사람을 온전히 보듬을 수 있"어야 내가 무너지고
타자를 내 속에 들여놓을 수 있게 되고, 타자들과 어울릴
수 있어야 비로소 섬진과 나는 하나가 된다. 시인이 이처
럼 화해와 사랑과 합일에 이르기까지는 "빙신 낳고 평생
을 이렇게 울어야 하는" 어머니의 설움과 인내, "어머니
맘 쓰지 마요" "내 이제야 하는 말이지만 불편해서/세상
이 바로 보였더란 말을 하고 싶어요"(「섬진강 12」)라고 어
머니를 위로하는 아들의 커다란 아픔을 통과해 온 큰 깨
달음이 밑받침되어 있다.

제4시집 『연가부』

『연가부』에는 22편의 시가 수록되어 있다.

내 뿌리 깊은 슬픔

언 땅을 열고 하얀 가슴팍 위로

살포시 노란 고갤 들이민다

(중략)

사람들이 가쁜 숨을 몰아쉬며

올 때도 단 한 번

내 진물 나는

설움을 건네 본 적 없다

바람의 처마 밑에

나지막한 초막을 짓고

살아갈 뿐

하늘 우러러 내 진한 고독

변제로 드린 적 없다
　　　―「복수초 2」 부분

　시인의 가슴속에는 언제나 "뿌리 깊은 슬픔"이 자리하고 있다. 시인은 복수초라는 오브제(objet)에 의탁하여 자신의 삶을 노래한다. 복수초는 "언 땅을 열고" 얼음 속에서 피어나는 꽃이다. 그러기에 봄, 여름, 가을, 좋은 계절에 알맞은 기온 속에서 꽃 피우는 여느 꽃들과는 다른 혹독한 추위의 시련을 이겨내어야 한다. 그래도 "내 진물 나는/설움을 건네 본 적 없"이 자신을 다스리며 "고독"

조차도 내비치지 않는 자기 관리 속에 살아온 꽃이다. "바람의 처마 밑에/나지막한 초막을 짓고" "엎드린 만큼 얻어지는" 아름다움이면 족하다. 그러나 가슴속에는 언제나 "뿌리 깊은 슬픔"이 있다. 그 슬픔이 "구름 무리지어/처연하게 피어오르는 날"이면 화자는 "만 리 너머 고향길"에 오른다. 골목길 돌아 "물길 지듯/하염없이/목발이 녹녹하여질 즈음"처럼, 그와 언제나 동행하는 "목발"로 환유되는 신체의 불구로부터 오는 아픔, 그 뿌리 깊은 아픔은 고향에서 치유될 수 있다. 거기에는 "웃음 한 바가지 뿌리며" 불상처럼 앉아서 "오느라 애썼다" 하고 맞아주는 어미가 있기 때문이다(「귀향」). 긴 말이 필요 없이 "넌짓한 한마디"만으로도, 태양이 봉당 위에 내려와 금물 입혀준 머리 하얀 할미꽃—어미의 모습만 바라보아도, 무너진 어미 젖무덤만 보아도 화자는 처연하게 피어오르던 슬픔이 걷혀 감을 느끼며 "내 허물 다 벗고 산란을 위해 떠나는 장어"(「귀향 2」)가 된다.

소화다리 아래서 태어난 실장어가 절망의 하구를 지나서 "필리핀 근해 멀리까지 나아가/굵은 장어가 되어 돌아오"듯이 어른이 되어 고향에 돌아온 화자는 자신을 자각함과 동시에 더 따뜻하고 환하게 펼쳐질 내일을 위해 "고향집 아궁이에 군불을 지"피는 미래지향의식을 지니게 된다. 신이 되기 위해 스스로 화산에 뛰어든 엠페도클레스처럼, 불의 상징성을 통해 화자는 뿌리 깊은 과거의 슬픔에서 벗어나 새로운 가능성을 위해 자신을 열어갈 것이다. "이름 모를 빨치산 영혼들이 갈대로 우는 소화 다리 밑"에서는 약간이기는 하나 겨레의 아픔에 관심을 보이고 있다.

『연가부』라는 시집 제목처럼 사랑에 대한 시가 많지만, 화자의 사랑은 "언 발 위에 올려진 알처럼 시린 동토에 마냥 서서 부화를 기다리는 펭귄"(「편지 2」)처럼 부화되지 못한 아픔이 대부분이다. 그런데 다소 길게 이어지는 이 시의 마지막 연에서 화자는 "사랑의 얼개"를 풀고 "내 사랑 다시 시작의 서른 몇 해를 걸어갑니다"라고 "멍울을 풀"고 새로운 사랑의 시작을 알리고 있다.

"딱따구리처럼/울던 우리네 살아온 날/냉이무침처럼/버무려져/쌉싸름해질 때//순간 정점의/만남/목어가 운다"(「목어」) 버무려지고 깊어지는 사랑의 정점에서 비로소 목어의 울음을 만나게 된다. "제 슬픔의 길 하나"(「등불」) 내어서 등불 달게 되고 "장마 속으로"도 망설이지 않고 걸어 들어가게 된다(「달리는 차를 멈추고」).

가난과 아픔을 넘어서서 "일어서고 싶다. 시인의 세상을 이루고자"(「일몰」)하는 큰 원을 가슴 깊이 새기고 걸어가는 시인에게는, 연가부라는 제목에서 시사하듯이 어떤 어려움도 모두 사랑의 대상이 된다.

제5시집 『물그림자』

『물그림자』편에는 11편이 선정되어 있다.

시인의 지금까지의 삶은 "가뭄"과 아픔 속의 삶이었다. "비료 많이 한 배춧잎처럼 타들어가는" 삶이었다. 그래서 오늘이 내일에 건네는 눈길에도 "장애다"(「가뭄」)라고 늘 장애를 의식하며 "손·을·내·밀·어·주·세·요" 한마디를 기다리는 삶이었다. 그러나 "서른 해 지나 마흔에 이르는데"(「가을을 주제로 한 랩소디」)에서 이제는 "제 홀로 길을 내"야 한다는 자각과 함께 자신의 존재 확인과 자존감 찾기에 이르고 있다.

> 통점 없는 살점 내어놓은 들
> 너희가 알겠느냐
> 도다리와 비견되는 심정을
> 어쩌다 눈먼 주낙에 이끌려
> 뭍으로 왔으나
> 바다를 그리워하는 마음은
> 제자리에 떠서 흐르는 섬들이 알 터
> (중략)
> 과연 도다리와 나는 눈만 다른지
> 아니면 무엇이 다른지.
> ―「광어」부분

화자는 "도다리에 비견되는 심정"을 너희가 알겠느냐고 직설적인 물음을 던지면서 "어쩌다 눈먼 주낙에 이끌려/뭍으로" 왔지만 바다를 그리워하는 마음을 "섬들"에 기탁하여 토로한다. "도다리와 나는 눈만 다른지" 자문하면서, 사람들이 흔히 좌광우도라고 하여 극히 일부분인 눈의 위치만 가지고 광어와 도다리를 구분하는 단견을 은근히 비판하고 있다.

남들의 판단에만 맡겨온 삶이 아니라 스스로의 존재감을 자각하고 타자에게 확인시켜주고 있는 작품이다. "성정대로 하면 안 돼/무릎을 최대한 가볍게 하렴"(「줄넘기」)라고 줄넘기를 통해 삶을 대하는 자세를 보여주고, "한 번 넘을 때마다/네 내면에서/살아온 날수만큼의 곤고한 발목의/울음소리를 들을 수 있을거야"라고 삶의 진리를 스스로에게 짚어주기도 한다.

"스스로 베어낼 무언가를 준비해 왔는가"(「무상검」)처럼 자신을 돌아보고 "자신을 내어놓을 차례다" "벨 차례다 일도 필살이다"라고 자신을 벼랑에 세워놓고 다그치기도 하지만, 마침내 "봄물 같은 긍정"(「등(燈)」)으로 세상을 향해 손을 내밀게 된다.

제5시집에서는 자신의 존재 확인과 자존감 찾기의 노력으로 찾은 긍정의 자세를 엿볼 수 있다. 시인은 「광어」 「등」 「줄넘기」 「까마귀」 등에서처럼 적절한 오브제를 찾아내어 주제를 표출하고, 많은 부분에서 비유의 사용에

성공하고 있다.

이처럼 박재홍 시인은, 아픔과 슬픔을 이야기하면서도 독자가 그 감정에만 함몰되지 않게 적절한 오브제와 뛰어난 비유를 사용하여 리얼리티를 확보하고 독자의 공감을 이끌어내는 장점을 지니고 있다.

제6시집 『동박새』(2인 시집)

『동박새』에는 2인 시집이어서인지 6편만 수록되어 있다.

화자는 이 시집에서 "내 사랑은 빗살무늬 토기로/고령 어느 지방의 무덤에서/발견되었다"(「빗살무늬 기억」) 라고 하회탈의 꿈을 꾸면서 "꽃처럼 살다간 향이 배여/그저 배시시 웃는/열다섯 꿈같은 오늘"을 노래한다. 그런가 하면 산행에서 만난 나비를 통해 "죽은 자와 산 자의 경계"를 노래하기도 한다.

"마흔 지나 마흔을 훌쩍 지나"(「쓸쓸함에 관하여」)처럼 나이를 의식하며 가슴속 마른 샘을 만져보며 쓸쓸함을 느끼기도 한다. 그리고는 "바다의 등을/이제는 마주해 두 눈 부릅뜰 때가" 되었음을, "여문 바다를 향해 두려워 말고/가슴으로 받으며 나가야제"(「울지 말어 사내는 가슴으로 묻는 게 사랑이다」)라고 스스로 사랑과 삶에 대해 정면으로 마주설 것을 다짐한다.

제7시집 『도마시장』

『도마시장』에는 21편의 시가 수록되어 있다. 그중에 도마시장 연작시가 18편이다.

이전의 시집에서는 "야곱의 우물"처럼 많이는 아니지만 기독교적 소재가 사용되었는데, 제7시집에는 불교적 소재와 주제가 많이 눈에 띄는 뚜렷한 변화를 보이고 있다.

시장 초입에서 만난 사람마다 근육질의 겨울을 만나고
괭이가 박인 손 억세게 잡을 때마다
스스로 척박한 이 땅 위에 시작 변화임을 안다

사람마다 건네는 웃음이 비장한 각오의 바람이라는 것을
안다. 춘분처럼 열리는 새로운 시절을 위해
영육이 무릎걸음으로 섬겨야 할 시작이
도마시장이다.
　　　　　　　　　　　　　 ―「도마시장 20」 부분

도마시장은 삶의 시작이며, 비록 가난하지만 정 많은

사람들이 어울려 함께 살아가는 고향이다.

시인의 삶은, 사람들의 삶은 "도마시장"에서 시작된다. 그곳은 "타는 목마름"을 해갈시켜 주는 한 바가지의 물이 있는 곳이며 "괭이가 박인 손" 억세게 잡아주는 손에서 근육질의 겨울을 이겨내고 "춘분"처럼 열리는 새로운 시절을 위한 시작이 있는 곳이다. "살다가 억장 무너지는 날이면"(「송광사 일주문」) 한달음에 다달아 숨을 가눌 수 있는 곳, "누군가를 향하는/마음이 있는 자"(「도마시장 8」)가 가장 낮은 곳을 향해 마음을 열고 나서는 곳이다. 그곳에 가면 손 잡아주는 이웃이 있고 어머니 목소리가 있고 고향이 있다.

들어보셔요 가장 허기진
노천에서 국밥 한 그릇
팥죽 한 그릇이 지금
우리의 현재를 키워놓은 DNA라면
찾아봐야죠 연어처럼
—「도마시장 2」 부분

해오라기빛 하늘에
한 사람을
그릴 수 있을 때
낯익은 가사말처럼

다가오는

시장에서만 볼 수 있는

얼굴 가뭇한 파마머리

가슴 타도록 주름진 손등에

　　　　　—「도마시장 3」부분

　시인이 도마시장을 주목하는 이유는 현재를 키워 놓은 DNA를 찾는 일이며, 연어처럼 자기가 태어난 모천母川을 찾는 일이며 "얼굴 가뭇한 파마머리/가슴 타도록 주름진 손등"의 어머니를 찾는 일이며 "가족"(「도마시장 5」)을 찾는 일이다. 시인은 "도마시장 사람들이/가족 되네요" "굵은 눈썹의 한 사내가/멈춘 리어카를 밀어주며/ '힘내시오' 한다"(「도마시장 44」)라고 도마시장에서 자기 자신을 보다 확장시킨 가족의식, 사회의식을 보여준다.

　시인이 지금까지 갇혀 있던 자아 속에서, 자신을 둘러싼 어려운 삶의 문제와 아픔 속에서 탈피하여 주위를 끌어안으며 보다 큰 가슴으로 삶의 본질적 문제를 천착하게 된 개안을 보여준다. 아직은 "신의 덫"이고 함정이라 하더라도(「도마시장 3」) 관계 속의 삶을 보게 되고 "골목상권을 찾아보"며, 누구와 함께할 것인가를 생각하게 된다.

　팥죽 한 그릇에 어머니, 귀가 크고, 웃음이 맑은 사람이

될게요 그래서 더 이름 모를 풀꽃 같은
당신들의 쉬운 표현이 되어
눈발처럼 다가서며

진정성의 한 사내가 보이는 시장 한 귀퉁이
민심을 만나려고 찾아왔습니다
—「도마시장 7」 부분

　시인은 이제 사람과 사람이 꽃이 되고, 손을 마주잡는 기꺼움을 노래한다. 그에 더하여 "귀가 크고, 웃음이 맑은 사람이" 되어 "이름 모를 풀꽃 같은/당신들의 쉬운 표현이" 되기를, "눈발처럼 다가서기를" 기약한다.
　시인의 가장 큰 책무인 자기성찰과 타자에 대한 측은지심으로 그들의 마음을 진정성 있게 노래하기 위해 화자는 이제 "민심을 만나려고" 시장을 찾고 있다.

파장의 시장에는 삼삼오오 주머니에 손을 깊게 꽂거나
가슴을 쓸어 안은 이들이
허름한 도마시장 인근 주막을 찾는다

간절곳에 해 뜨듯이
쓸고 지나가는
뜨거운 국물에 말없이 유영하는

228

밥알이 건져질 때마다
첫잔에 사무치는, 첫잔에 사무치는
오늘이, 당신을 향한 나의 사랑이고
고백이다.
—「도마시장 43」 부분

허공이 번지고 있어요 수채화 같은 이야기가 깃들어
길을 걷는데 눈물이 나요
어미의 이야기가 그렇고 아비의 사연이 그러했듯이
누군가 마지막 남은 시간을 같이 살자고
부탁받은 적이 있는 사람의 이야기는
조금은 한적한 대숲을 걷듯 하고,
—「도마시장 42」 부분

"당신"이라는 어휘는, 도마시장을 삶터로 삼아 자식들을 키워낸 화자 자신의 아버지와 어머니, 그 외에 숱하게 많은 아버지와 어머니를 함의하고 있다. 사무치는 그들의 삶을 모두 함의하고 있다. 화자는 그 모든 "당신"들의 삶에 대한 절절한 사랑을 고백한다. 마찬가지로 "도마시장"이라는 어휘는 그 모든 사람들이 삶을 영위해 가는 땀방울이 맺혀 있는 삶의 장場의 제유로 읽어야 한다.

이처럼 시인은 도마시장 연작시를 통해 자신을 포함한 이웃들의 삶을 노래하는 이야기꾼의 위치를 견지하고 있다. "누군가의 마지막 남은 시간을 같이 살자고/부탁받은 적이 있는 사람의 이야기"에 대한 사랑의 노래와 "미래가 사는/도마시장 이야기"를 노래하는 시인의 자세에서 책무에 충실한 시인의 자세를 본다. 도마시장 이야기는 이웃과 타자에 대한 사랑의 이야기이며 우리 모두의 미래를 향한 희망의 노래이다.

제8시집 『신금강별곡(新錦江別曲)』

『신금강별곡(新錦江別曲)』에는 9편의 시가 수록되어 있다.

작금의 흐트러진 비운의 국가 현실에 예학의 본질이 발원하기를 기원합니다. 흐릿할 수밖에 없던 민족적 정서가 강하고 생생하게 피어나기를 바랍니다. 新금강별곡(錦江別曲)은 중국과 일본을 품고 기호가 그려낸 예학이 무수한 詩가 되어 불리어지기를 바랍니다. 禮學(예학)은 바람(風)이 될 것입니다. 뿐만 아니라 악공이 연주하는 음악이 되고 한 시대의 류가 되어 시대정신으로 거듭날 것입니다.

박재홍 시인은 시집에 수록한 「시인의 말」에서 이처럼

경기와 호서를 아우르는 기호학파의 형성, 사계 김장생을 위시하여 문화재로 남아 있는 동춘당(同春堂) 송준길 등이 추구했던 예학의 본질이 오늘에 발원하기를 기원하고 있다. 그만큼 「신금강별곡」 연작시 101편을 통해 기호학의 새로운 발현으로 인문학이 꽃필 것을 염원하는 깊고 유장한 금강을 노래하고 있다.

그러나 본 시선집에서는 "서러운 것을 보니, 영육이 무릎걸음으로/갈대처럼 呱呱聲(고고성)을 지르며/결을 일으키는 바람이 됩니다"(「新금강별곡 1」)처럼 금강의 흐름을 빌어 와서 삶의 이야기를 주로 하고 있다.

허기진 놈들은 다 강가에서 살아라 남몰래 말 못 할 한숨이 있는 놈이라면
반드시 금강가에 찾아와 나를 찾아라 붙들 것 없는 하루가
뼈가 쓰는 시를 골육을 먹을 수 있는 놈 와서 먹어도 좋다
(중략)
죽은 시인이 되어 이 겨울은 강 밑에서 울거나
공중에 등신불 구름이 되어 울겠다 마지막 노을이 되어 홍건하여
귓깃이 쩽하도록 얼은 날.
　　—「新금강별곡 3」 부분

허기진 사람들을 위해, 남몰래 말 못 할 한숨이 있는

사람을 위해 시인은 스스로 죽은 시인이 되어 강 밑에서 울거나 "뼈가 쓰는 시를" 써서 모두를 위해 "방생"(「新 금강별곡 6」)을 하기도 한다. 시인은 또 "하루는 목발 없이 걷자고 마당을 걸"어 보기도 하는데 "뼈가 곧추서지 않으면 바로 설 수 없다는"(「新금강별곡 23」) 깨달음에 이른다. 오늘을 살아가는 모든 사람들이 뼈가 곧추서야 직립할 수 있고, 정신의 뼈가 곧추서야 조상의 정신을 이어받아 바른 삶을 살아갈 수가 있는 것이다.

> 대전은 기호의 심장입니다 인문학은 새로운
> 대한민국의 미래입니다
>
> 구호 같은 말이지만
> 역천을 꿈꾸던 먼 과거의 일이 지금의 새로운
> 인문학을 만들 것 같습니다
>
> '동춘당, 어은공, 우암, 사계' 조금 물길을 타고 가면
> 논산의 윤증고택 앞에서 겨울
> 대봉이 빨갛게 익었습니다
> ―「新금강별곡 38」 부분

시선집에 없는 시를 시집에서 한 편 가져왔다.
박재홍 시인은 동시대를 살아가는 타자들―민중들의

삶의 물결을 금강의 흐름에 환치하여 함께 흘러가면서 그들의 아픔을 스스로의 아픔으로 노래한다. 그가 살고 있는 대전과 충청도 일원의 역사와 공간에 대한 지극한 사랑과 함께 새로운 대한민국의 미래에 대한 비전을 인문학에서 본다. 그 인문학은 금남호남에서 일찍이 발원해서 삶의 지침이 되어 온 기호학에 뿌리를 두고 있다. 역사에서 삶을 배우고, 역사의 물줄기를 이어서 "동춘당, 어은공, 우암, 사계" 윤증 등 훌륭한 선조의 정신을 이어받아야 오늘의 열매를 빨갛게 익힐 수가 있다고 금강의 흐름을 끌어와 노래하고 있다.

시인의 제3시집 『섬진강 이야기』 연작시에서 "내 안에 갇혀 산 적이 있었다"(「섬진강 6」)처럼 자신의 이야기를 길어 올려 자신과의 대화, 가족 이야기 등이 주를 이루던 것에 비해 「新 금강별곡」 연작시에서는 동시대를 살아가는 사람들에 대한 이야기, 그들의 아픔을 위해 자신을 방생하는 동시에 역사와 정신과 사상과 예학에 대해 노래하고, 나아가서 조국 대한민국의 미래의 비전을 제시하는 등 성숙한 사회의식을 보여주고 있다. 시인의 시안詩眼이 그만큼 넓어지고 깊어지고, 통시적이고 통섭적인 것을 읽을 수 있다.

제9시집 『모성의 만다라』

모성母性이란 모든 사랑의 대명사이다. 만다라는 둥글게 두루 갖춘 경지를 의미하며 이러한 경지를 나타낸 불화佛畵를 일컫기도 한다. 어떤 것을 형성하는 데 필요한 요소나 부분이 단 하나라도 빠짐없이 완전하게 구비된 원융한 상태를 나타낸다. 모성을 바로 이 만다라 개념과 연결시켜 노래하는 데에서 박재홍 시세계의 깊이와 넓이를 짐작할 수 있다.

시인은 어머니를 여의고 슬픔과 추모의 심정으로 이 시집을 출간한 것으로 보인다. 제9시집 『모성의 만다라』에는 62편의 연작시가 수록되어 있는데, 이 선집에는 14편을 수록하였다.

'아따 어디로 가냥께'

'금강으로 갈라요'

'뭐 하러'

'신금강별곡 때문이랑께요'

'니는 만날 시라고 쓰는데 나는 읽을 줄 모르고

누구 보라고 그리 쓰고 맹그냐

'서러운께 안하요 엄니처럼 글 못 읽어도 안 서럽고

그냥 흐르듯이 선율로 따라 흘러도 흥이 나는 그래서 더욱

내일 같은 詩(시)가 안 그래야 쓰요'

'헛다 퍽이나 그러겠다 이놈아'

등짝 때리는 손길에 또 한 번, 휘청합니다

(중략)

'엄니 49재 지나고 갈라고 이리 죽치고 앉아 쓴 거라니까요. 엄니, 서운해 마시요 이제부터는 세상에 엄니는 다 내 엄닝께 좋은 곳으로 오르셔도 괜찮허요'

'머시가 괜찮은데, 난 괜찮아 너만 괜찮으믄'

등 돌리고 돌아눕는데 절인 몸이 멍석 말고 맞은 것 같습디다

'詩(시)는 코끼리 무덤 같은 곳이요'

'그럼으로 그리자면 만다라 한 폭 같은 것이제라'

'들숨과 날숨이 잦아들면 엄니, 계신 곳이 내 집인께

꼭 그 자리에 계시시요

알았지라'

돌아오는 길이 뒤를 보면 안 되는 것 같아 답답했습니다.

— 「모성의 만다라 49」 부분

시인은 제8시집 「新금강별곡」 연작시를 쓰는 중에 어머니를 여의고 많은 충격을 받은 것 같다. 어머니 병환 중에도 연작시를 쓰기 위해 "금강으로 갈라요" 하고 붙잡는 손길을 뿌리치고 갈 수밖에 없었으니 그 심정을 짐작할 만하다. 그중에도 더 서럽고 답답한 것은 "니는 만

날 시라고 쓰는데 나는 읽을 줄 모르고/누구 보라고 그
리 쓰고 맹그냐"는 어머니의 심정을 알기 때문이다. 그
래서 시인은 더욱 시에 매달릴 수밖에 없다. "글 못 읽어
도 안 서럽고/그냥 흐르듯이 선율로 따라 흘러도 흥이
나는 그래서 더욱/내일 같은 詩가 안 그래야 쓰요" 그래
서 시인은 쉬운 말로 시를 쓴다. 물 흐르듯이 쓰려고,
"헛다 퍽이나 그러겠다 이놈아" 하고 등짝 때리는 어머
니 손길을 늘 의식하며 쓴다.

  서러우니까 시를 쓴다. 엄니처럼, 글을 읽고 쓸 줄 몰라
도 몸으로 세상을 끌어안고, 삶을 사랑하고 가족을 사랑
하고 세상을 사랑하는 사람들― 조상 대대로 살아온 이
땅의 민초들의 삶을, 오늘을 살아가는 현대인의 삶을 사
랑하고 쓰다듬고 위무하기 위하여 박재홍은 시를 쓴다.

  그래서 시인이 이르게 된 곳이 "세상에 엄니는 다 내
엄닝께" 하고 세상 모두를 사랑하게 되는 경지이다. 강
은 젖줄이며, 모성의 시작이자 만다라이고, 모성은 강이
며 만다라임을 깨닫게 되는 것, "난 괜찮아 너만 괜찮으
믄" 하는 엄니 마음을 깨닫게 되는 경지, 그 만다라는 모
성이기도 하고 詩이기도 하다.

  정월 대보름 달무리처럼 웃으시며
  '내더위' 사주시더니 우리엄니 나비되셨네

힘겨운 허물 벗은 중천에 비 한소쿰 내릴 즈음에
차오른 눈물이 되고는 할 텐데 어쩔거나
걱정되셔서
　　—「모성의 만다라 1」 부분

　시인은 여는시 1에서 유명을 달리한 엄니를 보내지 못
하고 "나비"로 만난다. 저승에 가서도 아들의 마음을 헤
아리고 아들을 "걱정"하시는 엄니, 그 형상은 보이지 않
아도, 가시덤불 넘어 숨었어도 나비가 되어 어디나 아들
과 함께하는 엄니, 보내지 못하는 아들의 사무침이 아프
게 살아 있다.

　이때부터 시인은 "당신을 찾아 먼 여행"을 시작한다.
"엄니처럼 한숨 짓다" 가는 봄(「모성의 만다라 6」), 달이 열
어주는 바다 위의 길로 슬그머니 걸어와서 "꽃처럼 웃으
시"고 "아들 노곤함 쓰다듬"는 엄니(「모성의 만다라 8」) 등,
시인은 도처에서 엄니를 만난다.

　　낯선 엄니의 소천, '와병이 깊어 그럴지니 이해하여라'
　　해도 아픈 노동으로 무너진 엉치뼈에 실금은,

　　알타미라 동굴벽화에 금간 자국 같은 것을 보자
　　간데없이 낯선 사랑니 하나 퉁퉁 부은 것 같다
　　　　—「모성의 만다라 47」 부분

사랑은 용서받기 위해 섬기는 것이라는 것을
알게 하는데는 그리 오래 걸리지 않습니다
　　　　—「모성의 만다라 56」 부분

이제는 화해의 문양을 짜며 만다라 한 폭을 완성해야
시대의 역류를 가슴으로 받을 것 같습니다
　　　　—「모성의 만다라 60」 부분

　그래서 시인은 더욱 엄니를 회상하며 아픔을 삼킨다.
비록 병이 깊어 소천했다지만 엄니의 소천은 갑작스럽고
낯설기만 하다. 더욱이 아픈 노동으로 얻은 "엉치뼈의
실금"은 두고두고 아물지 않는 상처로 남는다. 새처럼
울면서 새벽의 숲이 열릴 때까지 퉁퉁 부은 사랑니를 앓
을 수밖에 없는 아들의 아픔을 엄니는 사랑과 용서로 감
싸고 있다. "사랑은 용서받기 위해 섬기는 것"을 깨닫게
해 주는 사랑이다. 장도 앞바다를 흐르는 물길처럼 깊고
유장한, 끝없는 사랑, 그 어머니의 사랑 앞에서 시인은
또 다른 꿈을 꾼다. "이제는 화해의 문양을 짜며 만다라
한 폭을 완성해야" 하는 다가오는 시대를 향한 꿈이다.
　다가오는 시대에 시인은 이 꿈을 어떻게 펼쳐낼지 궁
금하다.

제10시집 『꽃길』

『꽃길』에는 20편의 시가 수록되어 있다.

"화해의 문양을 짜며 만다라 한 폭"의 완성을 위해 떠나는 시인의 제10시집에는 이제 "꽃길"이 펼쳐진다. 지나간 시간의 아픔과 슬픔과 가난과 갈등을 넘어서 그 모든 것들과 "화해"하며 새롭게 펼쳐내는 길이다. 그렇다고 이 시집에 있는 "꽃"이 상징하는 의미가 모두 아름답거나 긍정적인 것은 아니다.

젠피나무 옆 꽃 흐드러지게 필 때마다 고봉밥이 생각나 허기가 지던
박태기꽃에는 숨은 엄니들 이야기가 흐드러지더만

여린 된장보다 강된장이 든 쑥국에 숨은 바지락 위로 식은 찬밥 한 덩이 말아서
곰삭은 밴댕이 젓갈에 숭숭 썰어 넣은 다진 매운 청고추와 붉은 고추 넣고 살짝
지져놓은 저녁상에서 누구도 꽃을 얘기하지 않았다
　　—「누나가 서울로 취직하여 올라가기 전날」 전문

여기 등장하는 박태기꽃은 고봉밥이 생각나 허기지게 하는 꽃이다. 저녁밥상머리에서 "누구도 꽃을 얘기하지

않"을 때의 "꽃"은 가족의 슬픔과 아픔과 불안과 한숨이
기도 하고 가족의 희망과 가족의 꿈을 함축한 다의적 오
브제이다. 둘러앉은 가족들이 꿈을 얘기하기에는 현재의
슬픔과 불안이 너무 크고, 그렇다고 해서 마냥 슬픔에만
젖어 있을 수만은 없는 새 출발에 대한 일말의 희망도 있
을 것이기 때문이다.

　'꽃시'라면 '아'하는 시인이 있는데 그 제자들은 꽃이 싫
다고 합니다 왜냐고 물으니 영감이
　꼰대라서 그렇다고 합니다 아니 그렇게 귀중한 시간을 떠
나 보냈다고 합니다 하지만 영감만큼 나이가 들어서 헌책방
에서 영감의 시집을 만나고 다시 보니 '꽃'이 좋았다고 합니
다 그래서 그는 '꽃시'를 쓰지 않게 되었다고 합니다

　그럼에도 불구하고 내가 '꽃시'를 쓰겠다고 하니까 '써
봐' 하면서 빙글거리며 웃는데 '그려'하는 내 눈에 비친 그
의 벗겨진 이마에 땀이 돋고 있었습니다
　—「꽃의 이중성」 전문

"꽃"에는 이중성이 있다. "꽃시"에도 이중성이 있다.
"꽃시"를 쓰는 시인에게도 이중성이 있다. 꽃시를 쓰는
스승의 삶과 그가 쓰는 "꽃시"가 일치하지 않아서 제자
들은 꽃을 싫어하다가, 나이가 들어서 다시 만나는 스승

의 꽃시를 좋아하게 되었다. "영감만큼 나이가 들어서" 삶을 이해하게 되고, 시를 더 깊이 이해하게 되었을 것이다. "꽃시"란 꽃에 대한 시와, 꽃이 상징하는 아름다움과 이상의 표상으로서의 시라는 이중성을 지니고 있다. 그래서 화자가 "꽃시"를 쓰겠다고 했을 때 "써 봐"라고 답하면서도 그의 이마에는 땀이 돋았을 것이다. 그것을 감지한 화자에게도 마찬가지로 땀이 돋았을 것이다. 이처럼 이중성을 지닌 꽃과 이중성을 지닌 시인과, 그가 낳은 작품세계인 시와의 관계는 시를 창작하는 시인들이 영원히 풀지 못할 과제인지도 모른다.

　　남산을 깔고 앉아 배시시 웃는 꽃 같은 탑, 이끼를 몸에 두른 용장골의 삼층탑 발길 아래
　　풍장 치른 뼈가 퉁소가 되어 매달려 울더니 올해는 은방울꽃이 되어 남산을 기단 삼아
　　용장사지 삼층탑과 같이 앉아 있습디다.

　　그게 참 묘한 것이 세상에서 제일 높은 탑이지요.
　　―「탑」 전문

"꽃길"은 그 자체가 꽃길이어서가 아니고 시인 스스로 꽃길을 만들어 가기에, 그가 만나는 두두물물에서 "꽃"을 보아내고 꽃을 피워내기에 가능한 길이다.

시인은 도처에서 꽃을 만난다. 이제 시인의 눈에는 열네 살 아들을 위해 정성껏 목발을 만들어 주던 아버지가 있는 유년의 뜨락이 "토방 아래 제비꽃, 민들레 머위"처럼 "꽃 꽃 꽃"(「손에 귀신 붙던 날」)으로 피어 있고, 어머니 무덤 위에도 꽃핀처럼 민들레가 피어있다. "날 때부터 세상에 버려진" 지체 장애의 아픔 속에도 "꽃 같은 꿈"이 있고, 바람이 날리는 꽃비늘에서도 "배롱나무"(「기억의 흔적」) 꽃처럼 앉아 있는 스님을 본다.

남산을 깔고 앉은 탑에서 "배시시 웃는 꽃 같은 탑"을 보고, 남산을 기단 삼아 피는 "세상에서 제일 높은 탑"으로 "은방울꽃"을 피워내고 있다. 이처럼 시인이 도처에서 만나거나 피워내는 꽃은 그냥 꽃이 아니고 마음에 그리는 "원융"이며, 나무 사이에 걸친 달을 보는 눈이며, 거문고 소리에 하염없이 잡혀 마음 빼앗기는 "화음"이다 (「화음(和音)」).

꽃을 바라보며 꽃의 마음으로 살아가는 시인은 이제 눈앞의 갈등과 눈앞의 상황에 얽매이지 않고 자유자재로 몸을 부리는 법을 배워 사랑하는 모든 대상인 "당신을 향해" 한 송이 꽃으로 피어나는 "참 쉬운 사랑"이 된다 (「풀씨」).

비록 시인의 앞에 "끝이 없는 길이 아직 더뎌도", 애기똥풀 발길질에 허공을 밟고 올라 밝혀주는 "새벽별"(「몸짓하는 것들은 다 넌출거린다」)이 있는 한 그는 가난과 무명으로 옷을 지어 입어도 "도깨비처럼 웃"으며(「손에 귀신 붙던 날」) 꽃길을 걸어갈 것이다.

제11시집 『자복』

『자복』에는 9편의 시가 선정되어 있다. 앞부분에 있는 「자복」과 「칼갈이」를 제외하면 모두 아버지에 관한 작품이다.

"3년 전에 어머니를 배웅하고 지난겨울 아버지를 배웅하는데, 낯선 도시에서 꽃도 제물도 없이 쓸쓸하게 보내드렸습니다. 참 선하게 이어온 생명이 아프지 않은 세상에서 살기를 간절하게 바라며 용서를 구하는 마음으로 49재 동안에 발원을 하였습니다."

저자의 「시인의 말」중 일부이다. 어려서부터 가진 아들의 장애로 인해 어머니와 아버지는 더 마음 아파하고 애틋한 정을 쏟았을 것이다. 그래서인지 시인도 남다른 정과 아픔과 후회를 두 분의 영전에 바치고 있다. 어머니와 아버지에게 각각 한 권씩의 사랑노래를 바치는 일은 쉬운 일이 아닐 것이다. 박재홍 시인의 이러한 사모곡과 사부곡이, 장애를 가진 자녀를 둔 모든 어버이께 조금이라도 위로가 되기를 바란다.

하루의 허물을 털었더니 우수수 짙은 진눈깨비처럼
비늘이 털어졌다

누군가를 향해 하루치의 미늘이 이러하였을 것이니
참으로 허물 많은 삶이다
—「자복」부분

"자복"이란 스스로 고백하고 죄를 묻는 자기성찰이다.
누구나 일생을 살아가다 보면 많은 허물이 있고, 반성해
야 할 일도 많을 것이다. 그러나 그것을 생각하지 못하
고, 자신을 돌아볼 여유 없이 살아가는 것이 우리들 삶이
다. 시인이 지금 시점에서 자신을 돌아보며 하루의 허물
을 털어낼 수 있는 것은 그만큼 삶에 대해 여유를 가지고
돌아볼 수 있는 성찰의 힘이 생겼다는 뜻이다. 대자적(對
自的)으로의 반성이 대타적(對他的)으로 "누군가를 향해
하루치의 미늘"을 인지하게 되고, "참으로 허물 많은 삶
이다"라고 스스로 점검할 수 있는 것은 시인의 삶에 대
한, 타인에 대한 깊은 깨달음이 전제되어 가능해진 것이
다. 그렇기 때문에 앞으로도 "곤고한 삶"을 살아가야 하
겠지만, 시인은 스스로를 제어할 수 있는 힘을 기르게 된
다.

누군가를 향해 끊임없이 밖으로 밀어냈던 날의 방향이

어느 사이에 안으로 끌어 댕기는 힘이 생겼다

조금은 사랑을 배웠나 보다 이제는 준비된 마음의 결이
바다처럼 부드러워졌나 보다
　　　　　　　　　　　　　　　　　　　—「칼갈이」부분

칼을 갈다 보면 밀고 당김의 역학을 깨달을 수 있다.
밀어내는 만큼 당겨야 또 밀어낼 힘이 생기고, 밀어내어
야 또 당길 수 있는 힘이 생긴다. 시인은 살아오는 동안
"누군가를 향해 끊임없이 밖으로 밀어냈던 날의 방향"을
생각한다. 젊은 날의 삶은 타인과의 조화로운 삶이 되지
못하고 끊임없이 타자를 밀어내며 자기 속에만 침잠한
삶이었다. 그런데 어느새 그 밀어냄을 넘어서서 "안으로
끌어댕기는 힘"을 자각하기에 이르렀다. 살아오는 동안
숫돌 위에 온몸을 내어놓고 "연마"해 온 신산한 삶의 나
날을 겪어내고, 거친 파도를 넘어서 사랑을 배우고 마음
의 결이 "바다처럼 부드러워"져서 가능한 일이다. 그래
서 앞으로는 "춘란처럼 웃을" 수 있게 될 것이다. 시인의
살아온 전 과정과 현재 시점에서 깨닫는 삶에 대한 깊이
와 넓은 품이 이 한 편의 시로 대변되고 있다.

　팔영산 아래에서 살다가 불현듯 떠날 때에는 삶을 몽글게
열심히 장애를 가진 아이와 남매를 키우기 위해 이웃을 돌

보며 살아가는 모습에 아버지는 교훈적이었습니다.

   그것은 시대를 넘어서는 현재까지 내 마음에 머물며 닿아 있습니다. 진정 아버지는 내가 기억하지 못한 곳에서 온전하게 자리하고 있었습니다.

   영정사진도 없이 꽃도 없이 밥도 차려지지 않은 장례식장에 서럽게 웃는 모습으로 칠성판 위에 누워 계셨습니다.
   ―「장례식」 전문

   아버지 장례식을 지내면서, 아버지 49재를 지내면서 아들은 아버지의 일생을 되돌아본다. 아버지의 삶은 어린 아들이 제대로 인지하지 못하는 차원에서 "교훈적"이었다. "삶을 몽글게 열심히 장애를 가진 아이와 남매를 키우기 위해 이웃을 돌보며 살아가는 모습"을 새삼 돌이켜 본다. 시인 자신이 그 "장애를 가진 아이"였기에 아버지 삶을 회상할 때 더욱 남다른 감회에 젖을 수밖에 없다. 그래서 아버지 모습은 칠성판 위에서도 "서럽게 웃는 모습"으로 보인다.
   시인의 기억 속의 아버지는 누렇던 낙안벌의 논이 장맛비에 속절없이 잠길 때도 안절부절못하기보다는 "저리 허망한 것을"(「장마」) 하고 목침을 베고 잠들 수 있을 정도로 체념하는 모습이다. 그리고 "불구의 아들에게는

그가 살아온 날수만큼의 발우를 주셨고, 남은 날수만큼
의 아들의 발우가 될 것이라는 것을 숙명으로 받아들"인
(「발우」) 아버지이다. 발우는 절에서 수행승들이 공양하
는 밥그릇이다. 승려들은 운수납자이므로 어느 곳에 가
거나 다 수행처 삼아 수행을 하고 중생을 제도하는데, 단
지 발우 하나와 몸에 걸치고 있는 가사 한 벌이면 족한
삶이다. 이처럼 발우는 아들의 밥줄이며 생명 연장의 도
구이며 살아가는 방편이며 정신적인 의지처를 상징한다.
아버지는 아들에게 지금까지 그 발우를 주셨고, 앞으로
도 아들의 발우가 될 것이라는 "숙명"으로 살아오신 분
이다. 아들은 이제 아버지의 육신에 입혀진 고통이 모두
사라지고 "오직 탐진치(貪瞋癡)"가 없는 아버지의 길을
가기를 염원하며 아버지를 보내드리는 의식을 치른다.
그리고 아버지로부터 "덧없는 것"이 삶이니 부처가 말한
길을 따라 얽매임 없이 살기를 바라는 "부디 자유롭거
라"(「삼매三昧」)라는 당부를 마음으로 듣는다.

　이제 시인은 눈이 내릴 때면 "잇닿은데 없이 끊임없이
줄기차게 사랑처럼 임재하는 눈"(「대설주의보」)으로 오시
는 어머니의 사랑과 아버지의 유훈에 따라 걸림 없는 삼
매의 삶을 살아가리라 믿는다.

　지금까지 박재홍 시인의 시세계를 그가 펴낸 11권의
시집 중에서 가려 뽑은 시들을 통해 일별해 보았다. 전체

적인 작품이 아니고, 본인이 가려 뽑아 시선집으로 묶은 작품이니만큼 본인의 애착과 특별한 의미가 있는 작품이리라 생각되어 그 작품들만을 통해서 시인의 시세계를 살펴보았다. 박재홍 시인의 삶과 함께하는 긴 여행을 한 느낌이다.

　박재홍 시인은 삶의 구비마다 마주하게 되는 여러 가지 상황과 남다른 어려움을 그때마다 시로 풀어내면서 자신과 화해하고 타자와 상황과도 화해하면서 슬기롭게 풀어나가고 있다.

　눈먼 고기에 비유되던 자기만의 울타리에서 벗어나 삶이라는 마당을 함께 걸어가는 타인에 대해서도 생각하는 여유가 생기고, 탐진치를 벗어나 자유로움을 구하는 시인의 원숙한 시세계가 11권의 시집 속에 유장하게 펼쳐져 있다.

　시인은 젊은 날 갇혀 있던 절망적 자아 속에서 탈피하여 가족과 이웃을 끌어안으며 겨레와 역사에 대한 사랑과 비전을 노래하고, 만다라를 피워내며 보다 큰 가슴으로 삶의 본질적 문제를 천착하는 개안을 보여준다.

　시인이 깨닫는 삼매의 길 안에서 넓어지고 깊어진 시안(詩眼)과 성숙한 사회의식을 살려서 앞으로 더 높깊은 시세계를 펼쳐가리라 믿는다.